O TRIBUNAL

O Tribunal:
1ª ed. 1971, Livraria Martins Editora, São Paulo (SP)
2ª ed. 1976, Ed. Símbolo, São Paulo (SP)
3ª ed. 2015, Ed. LetraSelvagem, Taubaté (SP)

Álvaro Alves de Faria

O TRIBUNAL

Romance

LetraSelvagem

Grafia atualizada segundo o Acordo Ortográfico da Língua Portuguesa de 1990, que entrou em vigor no Brasil em 2009.

Direitos desta edição reservados à
Associação Cultural Letr*a*S*e*lvagem:
Praça Santa Cruz da Exaltação, 21 - Jd. Maria Augusta -
Taubaté-SP/Brasil - CEP 12.080-540. Telefone: (55) (12) 3635-3769.
E-mail: letraselvagem@letraselvagem.com.br
Sítio: www.letraselvagem.com.br

Diagramação: Cesar Neves Filho
Capa: James Cabral Valdana
Ilustração da capa: Montagem sobre o quadro "Loucura" de Agnolo Bronzino
Preparação de texto e revisão: N. Sena

O logotipo LetraSelvagem *foi idealizado a partir de cerâmica Aruak, padrões utilizados nas bordas dos vasos, compilados por Koch-Grunberg em 1910.*

Coleção Gente Pobre
Organizador: Nicodemos Sena

Dados Internacionais de Catalogação na Publicação (CIP)
(Letr*a*S*e*lvagem, Taubaté, SP, Brasil)

Faria, Álvaro Alves de, 1942 —
O tribunal / Álvaro Alves de Faria. —
Taubaté, SP: Letr*a*S*e*lvagem, 2015.
88 p.
1000 exemplares

ISBN 978-85-61123-17-8
1. Literatura Brasileira — Romance
I. Título. CDD — B869.3

coleção gente pobre
Vol. 12

O TRIBUNAL

O senhor está condenado à pena máxima, eles disseram e me olharam, o juiz ergueu seu martelinho e bateu oito vezes na minha cabeça. Abriu a boca e disse: o senhor está condenado à pena máxima. Os policiais me algemaram e eu tentei explicar, tenho fogo correndo nas veias e meu corpo se contorce na violência de um instante que alucina as perspectivas que não existem mais. É um erro, vocês precisam reconsiderar. A datilógrafa sorria olhando dentro de meus olhos e enfiava os dedos nas teclas de ferro e eu saí do tribunal me debatendo nos corredores e os policiais enterravam punhais nas minhas mãos. Eu vou pegar um trem e fugir, eu pensei enquanto me debatia entre as grades, olhando para um prato de comida no canto da cela. Um guarda caminhava de um lado a outro diante de mim e eu o olhava cantando uma música medieval. O juiz deve ter-se suicidado depois do julgamento, ele não foi suficientemente forte para suportar, eu penso. Os outros estão todos mortos e não sabem disso. O interrogatório durou 28 anos e o tribunal envelheceu junto com a minha pena, e eu me vejo aqui, diante deles e eles estão mortos, engolidos por uma garganta de ferro. O senhor está condenado à pena máxima, eles disseram e me olharam pela última vez.

Estou encostado numa parede que vai desmoronar em cima de mim daqui a alguns instantes. Mas eu estou longe desta parede invisível, estou a cem mil quilômetros de distância de todas as coisas que me cercam neste momento. Estou comovido com a morte de uma formiga que um automóvel passou por cima. Ela queria atravessar a rua com um pedaço de folha e o automóvel passou por cima e eu fiquei comovido. Encostado na parede, eu vejo um avião caindo de cima de um prédio que se ergueu no meio desta escuridão, desta floresta. Estou no meio de uma imensa floresta. Tenho uma gravata colorida, minha camisa é amarela e meu terno é azul. Há um mundo de coisas que quero dizer agora, mas não encontro ninguém. Um canivete se debruça na janela de meus olhos adormecidos. Não tentarei me salvar, que será muito difícil transportar-me para outro lugar. Há um silêncio que me engoliu seco, mastigou as mãos da minha garganta e quis absorver o que restava. Estaria salvo se buscasse o abraço do que anda imóvel. Estou imóvel e não me busco. Sinto suas mãos apalpando os gatos que andam na minha consciência. Sinto que seus pés estão entrando em mim como se você estivesse entrando numa imensa cidade desconhecida. A parede vai cair e eu quero que você escape. Tenho que ir para a guerra, uma guerra incrível, absolutamente desnecessária. Ninguém vai compreender. Vou à repartição e peço meu alistamento, encosto um fuzil no peito e saio andando devagar, para lugar nenhum, porque não há mais lugar no mundo, nenhum. Quero escrever uma carta de despedida, mas não encontro os termos necessários. Às vezes, eu fico lembrando tantas coisas que não consigo coordenar sequer um passo numa direção. Paro no meio da cidade e as pessoas comentam em voz baixa o meu aspecto de ser humano. Eu não queria. Você sabia que a temperatura pode cair hoje? Eu não sabia e a pessoa que me perguntou desapareceu de repente. Procuro conversar num telefone, mas quem está do outro lado da linha está muito longe de mim e é preciso que esteja mais perto, muito próximo para que eu me alcance. Encostado na parede. Você nasceu em que dia? Eu perguntei a um companheiro. Já é madrugada, ele me disse, e procurou um lugar para dormir. Estamos perdidos, eu tentei falar, mas não falei porque ele não queria ouvir e tapou os ouvidos. Algumas mulheres passaram por mim e olharam nos olhos, profetizaram qualquer coisa sobre o meu futuro e minha vida, e não chegaram a nenhuma conclusão capaz de me satisfazer. O sol talvez surja em nós, é uma questão de tempo. O inimigo está mais preparado, eu disse para mim, acordando as fibras que adormeceram desde meu nascimento. Os inimigos estão mais preparados. Eles poderão me liquidar em alguns segundos. Mas deve haver alguma maneira de escapar, de pular deste telhado. Mas eu não estou num telhado, eu estou encostado numa parede que vai desabar daqui a pouco, onde serei enterrado e esquecido. Há um momento em que as coisas surgem de repente em você, com tanta nitidez, que todos os rostos se confundem. Estou sozinho, esperando o primeiro ônibus da manhã, que me levará para um campo onde a guerra começou, onde meus companheiros de pátria estão morrendo por um ideal, por alguma coisa. Mas eu quero que você viva. Quando o ônibus chegar, eu vou ser o primeiro a entrar e vou sentar no último lugar. Quero ver pela última vez a paisagem, os campos, as cidades, este inverno, este frio que penetra nos meus olhos brancos. Tenho um metro e oitenta e dois centímetros, perto de sessenta quilos, cabelos castanhos, magro, pelo menos é o que dizem. Uso uma caneta esferográfica para anotações desnecessárias, eu poderia viver melhor sem essas anotações, eu não devia anotar mais nada. Mas eu vivo na medida do possível e do impossível. Agora tenho um fuzil pesado demais para os meus braços. Um avião corta o céu da minha boca e minhas gengivas sangram. Eu estou sozinho no meio da escuridão de um quarto imenso. Os gatos miam no meu cérebro e na minha consciência. Quando eu cometi o último crime, no dia 43 de fevereiro de 1987, eu também estava sozinho. Planejei tudo, passei anos planejando, a gente nunca deve planejar nada, eu digo agora, porque a gente erra tanto que depois se esquece do plano e das palavras escritas numa folha de papel, a folha que escrevo é branca e as letras são negras, todo o plano é esquecido. Planejei, planejei, busquei as horas necessárias, as coisas necessárias e, no fim, senti que eu era a peça de um jogo impossível, uma peça qualquer, nada além disso, que poderia ser esmagada num momento qualquer. Mas eu cometi o meu crime assim mesmo, sem ter condições para cometer um crime. Os policiais apareceram na minha casa às duas horas da tarde, às duas horas da madrugada e me mostraram um papel cheio de coisas escritas, eu li, fiquei lendo por duas horas, os policiais derrubaram minha casa, um cômodo no meio de um grande quintal, e fuzilaram os dez cachorros que eram meus amigos, eu amava os meus cachorros, mas agora eu vou perder tudo, todo o jogo tem uma regra e não é possível modificar nenhuma lei imutável. Os policiais beberam água. Posso colocar veneno na água, eu pensei, mas achei que não devia porque eles não compreenderiam nada e eu não posso me preocupar com isso, mesmo assim tentei me envenenar, mas me lembrei de você e não me envenenei, joguei o veneno na parede e a parede vai cair em cima de mim. Você vai ser julgado pelo seu crime. Que crime? Eu perguntei e eles me enumeraram tantos crimes cometidos no último século que fiquei impressionado com as coisas dos homens. Mas eu só tenho vinte anos, como é que eu ia fazer tanta coisa em tão pouco espaço de tempo? Eu perguntei e tentei explicar que eu não cometera crime nenhum, senão o de ter nascido. Esse também será julgado, camarada, e você não terá direito nenhum de se defender, todos os advogados foram destituídos de suas funções, você está sozinho no meio do mundo, da sala, da máquina. Os gatos estão miando dentro de mim, eu tentei explicar, mas ninguém procurou compreender esse momento de angústia. Estou sendo julgado, esperando um ônibus, encostado numa parede que me levará à guerra, uma parede que vai desabar, vai me esmagar. Tenho um fuzil, 32 balas e poderei atirar 32 vezes. Em quem eu vou atirar? Eu não sei e será mais fácil usar apenas uma bala contra meu coração. Eu não compreendo como vim parar aqui. Os companheiros estão dormindo e não sabem o que fazer dos seus sonhos. Há um tempo em que não podemos sonhar nada. Esse talvez seja o nosso maior erro. Eu enterrei todos os meus sonhos e vou ser enterrado pela parede.

Há outro crime, o de ter sido poeta, de ter amado. Mas eu digo aos que me julgam: poeta eu deixei de ser aos cinquenta anos de idade. Como eu só tenho vinte e oito anos e vou morrer aos quarenta, eu não tenho nada com isso. É essa a minha literatura, a minha solidão, a minha maneira de ser, de amar as coisas, os objetos, você. Eu amo você e isso é como se eu definisse minha vida em três palavras. Estou parado aqui faz um século. Há pouco vi um homem passar com um cachorro, um homem todo sujo, amargurado, e um cachorro de pelos brancos, mas sujos, triste, um cachorro triste, sozinho. Eu estou aqui olhando, observando as coisas que acontecem em minha volta. Devia existir em mim a coragem suficiente de buscar o fim do mundo e das coisas, ir até o fim, até o fundo, para arrancar a vida do seu lugar. Mas eu não tenho nada. Há um jipe estraçalhado na minha frente e eu gostaria de viajar para um lugar qualquer, onde eu pudesse passar o dia ouvindo o barulho de águas batendo, uma praia como qualquer praia do mundo. Mas o jipe está estraçalhado e você não está comigo, você desapareceu completamente de minha solidão e eu não posso reivindicar mais nada. Eu não reivindico mais nada, não é possível reivindicar nada, eu não posso. É uma questão de direito. Cheguei com o meu fuzil, com 32 balas, e está tudo perdido, meu amor, está tudo perdido e não há mais tempo, é muito tarde. Há um jipe estraçalhado na minha frente e eu gostaria de viajar pelo seu corpo, entrar nas suas veias. Eu digo aos que me julgam. O que é que eu digo se não tenho nada a dizer? Nada, eu me respondo e procuro me recompor, porque meu corpo explodiu e se destruiu num desastre de automóvel violento. Estou aqui, dependurado no fio, tentando esclarecer meus sentidos diante de um espelho quebrado. Não há condições, perspectivas. Caminho com minha farda, com minhas botas, minha metralhadora, meu fuzil e estou sonhando. Os inimigos me assassinarão como se assassina uma borboleta. O engraçado é que eu entro numa guerra sem ter a mínima experiência. Eu estou dentro de um tanque, eu queria ser paraquedista, pular de um avião que estivesse a 900 mil quilômetros acima da Lua, eu cairia devagar, passaria por milhões de satélites artificiais, naturais, e, em alguns segundos, mergulharia minha cabeça nos seus seios, onde permaneceria com minha vida plantada na sua carne de noiva, de mulher. Mas eu não estou nesse avião, não tenho paraquedas e o silêncio dói em mim como uma facada desferida de repente na boca. Dentro de você, do seu mundo, abrindo seu ventre com meus dedos frágeis, tecendo os fios da última solidão. Um jipe estraçalhado, é só o que resta neste dia. Odeio meu ódio, minha cara está gelada dentro de uma moldura velha e a sala é uma bolsa de tédio e desespero. Estou sozinho e isso é tão importante como um voo, um projétil disparado, disparando numa direção qualquer. Não há direções, eu me digo, mas não acredito em mim. Acho que é preciso silenciar o ódio, é preciso silenciar o amor, o desespero, a angústia. É preciso se esconder, mas não há como se esconder. Deito-me e minha cama flutua com meu corpo suspenso em volta de mim mesmo.

Estou voando diante dos jurados. Fuzilaram meus dez cachorros e eu amava meus cachorros. Eu vou perder tudo e não há mais nada a se perder. Eles estão olhando para dentro dos meus olhos. São cinco horas da manhã. Chegou sua hora, um deles me fala e eu começo a chorar porque estou com medo, é inegável, eu não poderei negar meu medo nunca. Eu gostaria de guardar uma fotografia de meu fuzilamento. Será que daria para tirar uma foto? Pergunto, mas um deles responde que não com a cabeça e eu caminho cabisbaixo por entre árvores. Eu amava os meus cachorros. Eles estão sorrindo, vão cometer um crime estúpido, porque eu não fiz nada para ninguém, nem contra o mundo, contra um sacerdote, contra Deus, contra ninguém, tudo que fiz foi contra mim mesmo e esse, se for considerado crime, é um crime particular, só meu. Me lembro de você agora, cinco horas da manhã, andando com as mãos amarradas atrás de mim, cinco horas da manhã, a hora que muitos poetas chamaram de alvorada. Você vê? Vou ser morto por alguma coisa que não fiz. Eu sempre disse que era preciso fazer alguma coisa. Me lembro de você e dessa amargura que vivemos juntos. Valeu a pena, sabe? Valeu a pena. Pelo menos não nos recusamos um ao outro e fomos cortando as cordas que se amarraram em nossos corpos, ansiamos a liberdade e nos libertamos. Mas agora tudo está perdido e eles estão dispostos a levar esta brincadeira às últimas consequências. Nós não poderíamos mudar alguma coisa no *script?* Pergunto, mas o oficial diz que não, porque tudo hoje é oficial e o oficial oficializou o fuzilamento para as cinco da manhã. Mas não tem sentido eu morrer numa estória imaginária, eu digo para eles, mas eles não ouvem. Você foi engolido, Álvaro, esse foi o pior de todos os seus crimes, o oficial me diz e me amordaça com um arame. Sinto febre e devo estar delirando. Primeiro, vim parar numa guerra sem saber por quê. Segundo, porque fui julgado e não tive direito a defesa. Terceiro, porque as coisas estão indo longe demais. Quarto, porque são cinco horas e eu gostaria de estar dormindo. Quinto, porque foram me acordar para uma coisa muito desagradável. Décimo terceiro, porque eu não fiz nada contra ninguém, nem à Igreja, nem a um sacerdote, nem a Deus, tudo que fiz foi contra mim mesmo e ninguém tem nada com isso, eu não tenho nada com isso. Vigésimo, porque. As palavras e argumentações desapareceram de minha boca. Há uma hora que é inútil tentar contra as coisas, é inútil. Agora me encostam num muro, numa parede que vai desabar em cima de mim. Alguém lê uma página maravilhosa e eu me sinto até comovido com tantas honrarias. Fazem dezenove discursos e eu digo que já estou cansado de tantas palavras, as minhas palavras e argumentações acabaram, eu me lembro. Eu digo que é melhor para todo mundo o oficial dar a ordem de uma vez. Eles formalizam a coisa mas não executam como devem. Cinco horas da manhã e os relógios estão parados na alvorada, a voz dos poetas parnasianos que morreram num verso decassílabo. Eles resolvem apertar os gatilhos e eu caio dentro de mim mesmo, e sinto os buracos atravessarem meu corpo, minha carne, vou caindo, caindo, e me arrasto por alguns metros. Eles estão arrependidos, eu penso, eles estão arrependidos, eu não fiz nada contra ninguém, eu nunca fiz nada contra ninguém, por que vocês fizeram isto comigo? Eu pergunto e o oficial diz que também não sabe. Me lembro de você, me lembro de você. O automóvel chegará breve e um boi está babando sua sabedoria em cima de meu ventre, em cima dos corpos dos cachorros que eu amava.

Dentro de um automóvel, olhando os cartazes apagados que entraram na noite de meu cérebro. Me lembro dos objetos metralhados na floresta da solidão de hoje. A cidade está afogada e minha linguagem confunde os anúncios que me obrigam a beber um refrigerante. Sem gelo, por favor, estou com a garganta inflamada. O homem do restaurante traz uma garrafa, eu mastigo a garrafa, como pedaços de vidro e minha garganta sangra toda a dor de meu corpo. Dentro de um automóvel, buscando o dia que talvez não nasça mais nos meus olhos. Tenho dificuldade para dirigir à noite e a noite é um pano escuro sufocando toda a angústia. Estou dentro de um poço, mergulhei dentro de um poço e fui me precipitando por mais de mil metros. Tenho uma corda amarrada no meu pescoço. No fundo do poço, eu também me lembro de você. É verdade que meu corpo está varado de balas, eu escapei, mas isso não é o mais importante. Escapei por mais alguns minutos. Tenho vontade de ler um jornal mas me lembro que estou sem óculos. Eu nunca usei óculos na minha vida. Mas isso também não é importante. Importa, sim, é que escapei, embora eu não tenha muita certeza. Eu gostaria de ouvir um disco, mas estou sem óculos e isso não é possível. Eu nunca usei óculos na minha vida. Rezo por um deus que morreu na minha frente, pedindo clemência ao mundo e aos homens que o destruíram. Eu não pude fazer nada e esse é mais um crime a ser computado na minha folha. Eles têm uma folha com todas as indicações a meu respeito. Um dia eu afundei nove navios dos Estados Unidos e quase provoco a terceira guerra mundial. Mas isso não tem importância nenhuma para o que eu quero dizer. Há um mundo de coisas que quero dizer agora, mas não encontro ninguém. Mas isso também não tem nenhuma importância na ordem das coisas. Um dia vi um gato atrás de um rato. O gato ia comê-lo, é lógico, todas as estórias de gatos e ratos terminam assim. O gato ia comer o rato. Mas, na última hora, o gato recuou com medo do rato. Por que você não me matou? O rato fez a pergunta e procurou se esconder. Mas o gato não respondeu, estava destruído e acabou se jogando debaixo de um caminhão de concreto. Desde esse dia, o rato ficou sem motivação para viver. Não há paz em mim, dentro de mim, dentro de você. Ouço um homem que vem vindo pela rua, sua perna mecânica faz um barulho terrível dentro de minha cabeça. Ele devia colocar um pouco de óleo nas juntas da perna, eu penso. O homem passou se arrastando e não suportava mais a dor na sua perna mecânica. Alguém mordeu a sua perna e ele estava chorando. Parou na minha frente e ficou me olhando. Eu disse que a parede ia cair a qualquer momento, que ele poderia ser soterrado comigo. Ele tirou a perna da perna e saiu pulando com a outra perna, correndo no meio da noite. Eu não entendi nada. Mas isso também não tem muita importância, quase nenhuma importância. Eu nada tenho com a perna dele. A parede está caindo, penso. Mas a parede não caiu ainda. Restam alguns momentos e eu preciso me apressar. A guerra é uma coisa desconhecida para mim. Eu nunca vi uma guerra de perto, eu nunca participei de uma guerra, eu tenho uma guerra dentro de mim, uma guerra atômica. Hoje pela manhã, por exemplo, explodiram uma bomba de hidrogênio dentro da guerra que vive dentro de mim. Todo o mundo se incendiou e não resta muita coisa de meus olhos e de minha angústia. Mas isso não tem muita importância. Tenho um fuzil e 32 balas, isso é o que importa. Terei 32 chances para me salvar, 32 chances para matar, 32 chances para morrer. É uma lei, uma lei imutável, inviolável. Mas eu não mato nem uma mosca e, neste exato momento, eu vejo uma mosca pousando no coração de um menino morto. Mas isso também não tem muita importância. Vejo o menino e sinto medo de meu próprio ódio, sinto medo de mim e de tudo que me rodeia. Por isso, eu procuro você. A mosca voa de um lugar a outro no corpo do menino. Mas o menino não existe, a mosca não existe. Mas isso também não tem importância. Importa que tenho 32 balas e penso em usar a primeira. Só me falta a coragem de apertar o gatilho. Tenho medo da escuridão, da noite, do grito, tenho medo de tudo. Mas isso não tem nenhuma importância. O camarada do lado adormeceu, ele nunca mais vai acordar. Numa guerra, sem experiência nenhuma. A marca do meu fuzil, o meu fuzil não tem marca, eu devo estar sonhando numa ilha deserta, deserta de tudo, de gente, de casas, de árvores, não existe a ilha. O inimigo poderá me assassinar a qualquer momento. O guerreiro terrível. Uma larva meteu-se, certo dia, na toca de uma lebre, aproveitando-se da ausência de sua moradora. Acomodou-se no cantinho mais escuro e ficou à espera. A lebre, ao voltar para casa, percebeu logo uns rastros no terreno e, como não compreendesse quem poderia tê-los deixado, perguntou, em voz alta, quem estava em sua casa. A larva, valentona, respondeu que era um guerreiro forte e terrível. Estou lendo uma fábula africana e me interesso pela fábula africana. A lebre, trêmula de susto, fugiu dali, lamuriando-se: O que pode um animalzinho como eu contra alguém que diz ser um guerreiro terrível? Lendo uma fábula africana. Procuro deitar-me e um oficial, o que comandou o meu fuzilamento, tira uma carteirinha do bolso para certificar-se se eu sou mesmo o que foi fuzilado. Olha para minha cara e olha para a foto e diz, não, não é ele, e vai embora, arrastando um remorso que vai acompanhá-lo pela vida inteira, eu nunca fiz nada para ninguém, eu dissera às cinco horas da manhã, mas ele ordenou que apertassem o gatilho e todos apertaram o gatilho e as balas furaram meu corpo, mil furos no meu corpo. Antes de vir para esta guerra, eu gostava de assistir a partidas de futebol. Mas isso não tem importância nenhuma e, além disso, não tem sentido eu ficar falando isso. Primeiro, porque eu não estou falando para ninguém; terceiro, porque todas às vezes eu senti ódio nos campos de futebol, onde eu ia para esquecer; sexto, porque falar em futebol agora é a mais lúcida de todas as loucuras; segundo, porque eu ainda não estou suficientemente acostumado às coisas que este mundo pode me oferecer; quarto, porque; quinto.

Nesta semana, eu me espatifo aqui, lendo Augusto dos Anjos, com uma vela acesa na cabeça. Vou falar com Deus, pedir uma audiência, pedir permissão para me retirar por alguns momentos de minha guerra. Arrebentei a janela da minha casa, bati com a boca na janela e os vidros se abriram nas ruas, nos automóveis, nos cinemas e teatros. Eu fico pensando: mas que espécie de terra é esta que cobre meus pés, meu corpo, minhas mãos? Entro numa farmácia e a moça que me atende desmaia quando vê meu fuzil. Tenho 32 balas, eu disse e ela caiu atrás dos remédios que caíram em cima dela. Mas não é nada disso. Eu tenho algumas coisas para falar e não encontro ninguém. Pesa-me o peso terrível deste dia sem sol, quando começa a chover dentro de mim, chove dentro de mim, você pode compreender? Uma chuva que derruba tudo, todas as casas, todos os cartazes da cidade que vive dentro de mim, e as pessoas correm pelas ruas, se perdem nas ruas, se perdem no meio da noite e vomitam nas minhas mãos, eu nunca fiz nada, eles devem estar arrependidos. Uma grande chuva que desmonta as telhas que cobrem meu coração. O primeiro crime nasceu em mim, eu não tive culpa de ter nascido. Vou entrando no túnel e transpiro os próprios poros dilatados na violência. Há um corte na minha boca e meu sangue se esparrama sobre minhas pernas. Preciso de um pedaço de algodão, algodão ensopado em álcool, em éter, em ácido, em qualquer coisa. A moça desmaiou e esse crime será contado amanhã. Sabe que o seu cabelo está muito comprido, jovem? Me diz um sacerdote na rua, um homem calvo que tem um crucifixo no pescoço. Seu cabelo está muito comprido. Não, eu não sei, reverendo, faz mil anos que não olho num espelho, faz três mil anos que. Faz tanto tempo, meu amor, que eu não sei quanto tempo faz. Eu nasci, saí de minha mãe e cheguei ao mundo como um intruso. Me lembro que caí num rio absurdo, e desde então eu estou nadando contra uma correnteza impossível, que me leva ao fim de todos os mundos. Eu só não sei o que estou fazendo aqui. Eu me sinto ridículo segurando este fuzil com 32 balas, eu me sinto impossibilitado de amar alguém. Moça, você me desculpe pelo meu aspecto, eu nunca pensei. Ela saiu e me olhou no fundo dos olhos, e eu vi ternura no seu rosto branco, seu rosto de menina que se espantou como um pássaro diante de um bicho. Me sinto assim, ridículo e tenho vontade de jogar o fuzil de cima de uma ponte, dentro de um rio, mas ninguém se livra facilmente de seu fuzil, é muito difícil. A parede está molhada, chove em mim, meu amor, e eu me lembro tanto de você que me sinto perdido, recuando sempre num tempo que me alucina e transforma as coisas. Rugia nos meus centros cerebrais a multidão dos séculos futuros homens que a herança de ímpetos impuros torna etnicamente irracionais. Não sei que livro, em letras garrafais, meus olhos liam! No húmus dos monturos realizavam-se os partos mais obscuros, dentre as genealogias animais! Como quem esmigalha protozoários, meti todos os dedos mercenários na consciência daquela multidão... E, em vez de achar a luz que os céus inflama, somente achei moléculas de lama e a mosca alegre da putrefação! Recuando sempre, a guerra neste imenso campo onde me desfaço de todas as coisas. Vejo uma bandeira branca mas não tenho a suficiente coragem de olhá-la. Estou nu, andando de um lado a outro, dentro de uma farmácia, com uma moça desmaiada na minha frente. No tempo de meu pai, sob estes galhos, como uma vela fúnebre de cera, chorei bilhões de vezes com a canseira de inexorabilíssimos trabalhos! Quando pararem todos os relógios de minha vida, e a voz dos necrológios gritar nos noticiários que eu morri, voltando à pátria da homogeneidade, abraçada com a própria eternidade a minha sombra há de ficar aqui. Me espatifo aqui, lendo, lendo. Um algodão, por favor, um algodão ensopado em álcool. Tenho uma guerra, doutor, uma guerra fantástica que alucina toda a sensação dos instantes, os momentos em que a noite se abre como um guarda-chuva negro sobre a cabeça esmigalhada do mundo. Há um gato miando, às vezes eu. Mas todos estão com os ouvidos fechados. As mulheres abandonaram as casas e automóveis, tanques, metralhadoras, fuzis, todas as armas estão disparadas contra os filhos, contra crianças indefesas que gritam em nome de Deus, em nome de sua salvação. Recife. Ponte Buarque de Macedo. Eu, indo em direção à casa do Agra, assombrado com a minha sombra magra, pensava no destino e tinha medo! Lembro-me bem. A ponte era comprida, e a minha sombra enorme enchia a ponte, como uma pele de rinoceronte estendida por toda a minha vida. Essa obsessão cromática me abate. Não sei por que me vem sempre à lembrança o estômago esfaqueado de uma criança e um pedaço de víscera escarlate. Escarrar de um abismo noutro abismo, mandando ao céu o fumo de um cigarro, há mais filosofia neste escarro do que em toda a moral do cristianismo. Estou perdido dentro de mim, dentro de meus órgãos. Há uma cerca de arame farpado em frente dos meus olhos e tento atravessar, mas meu corpo é varado. Sinto o sangue escorrendo nas costas. Atravesso e deixo cair meu fuzil, minhas 76 balas, e volto e recuo e apanho o fuzil com minha mão amassada. Eu me lembro de você e não sei o que dizer diante de tudo isto. Os arames rasgaram pedaços de minha farda, sinto sangue correr nos meus dedos. Não deviam fazer isto comigo, é uma situação absolutamente absurda, mas o que não é um absurdo, meu amor? O que não é absurdo? Eu pergunto duas vezes para tentar me convencer de que ainda estou falando, conversando sozinho no meio de uma farsa, no meio de uma cidade que foi atacada às primeiras horas da madrugada, uma cidade que nunca existiu. Abaixo a cabeça e tento unir as coisas quebradas. Me agacho e junto os pedaços com as palmas das mãos cortadas e grito de dor e angústia no meio do mundo. Um redemoinho, um vento que arrebenta tudo, me arrebenta, me explode. Agora também eu me lembro de você, neste girassol, neste grito que abriu a última manhã, a última porta. Eu me lembro de você. Tome, Dr., esta tesoura e corte minha singularíssima pessoa. Que importa a mim que a bicharia roa todo o ·meu coração depois da morte? Os médicos estão reunidos e eu me encosto mais à parede, entro dentro da parede e procuro sair do outro lado, onde a guerra continua. Estou em guerra há dois minutos e meio e eu me lembro de você, há três séculos eu estou lembrando de você. As motocicletas estão cortando minha carne com aros de lata, jipes estraçalhados, há um jipe estraçalhado, buscando a fronteira de mim para dar combate às minhas últimas forças.

Preciso esquematizar alguma coisa, é necessário traçar um programa de defesa, reunir todos os ministros e governadores e expor a situação. Tenho apenas um fuzil e 31 balas, eu direi e, imediatamente, alguém dirá que me foram entregues 32 balas. O que você fez da bala que falta? O inquisidor perguntará e eu não saberei responder, ninguém responderá à inquisição. Serei morto, por certo, penso dentro de mim. E melhor não reunir os ministros nem os governadores. Onde é que deixei cair essa bala? Fico me perguntando e apalpo meu corpo procurando a bala, o chumbo, e a encontro no meu coração, guardada lá dentro num profundo corte. Estou pensando em você há mil séculos, estou em guerra há dois minutos e meio. Um redemoinho violento violentando mulheres e crianças. Dissolva-se, portanto, minha vida igualmente a uma célula caída na aberração de um óvulo infecundo; mas o agregado abstrato das saudades fique batendo nas perpétuas grades do último verso que eu fizer no mundo. Dentro do meu coração. Arranco os dedos das mãos e fico olhando a rua que termina numa árvore morta. Agora é um momento de decisão. Sei que os inimigos estão mais próximos e não poderei atirar em ninguém, eu nunca fiz nada a ninguém, eu dissera, mas eles atiraram e vararam meu corpo em pedaços. Ainda estou recolhendo os meus pedaços. Vejo meu pé jogado no outro lado da calçada, junto à guia, onde escorre água. Tenho que ir buscá-lo. Mas estou preso à parede, uma parede que não existe. Estou com dor no joelho e penso em me ajoelhar por sentir que isso será impossível neste momento. Número cento e três. Rua Direita. Eu tinha a sensação de quem se esfola e inopinadamente o corpo atola numa poça de carne liquefeita. Agora eu estou adormecendo ouvindo o gerúndio desses dois verbos nos gritos alucinatórios de balas que circulam sobre minha cabeça, numa guerra desigual, absolutamente desigual e desnecessária. Fecho os olhos e penetro na escuridão com uma lanterna apagada na mão esquerda e, neste momento de angústia e desespero, eu não sei onde você está.

Pelo caminho, encontrou o chacal. Amigo chacal, seria capaz de me fazer um grande favor? Diga logo, amiga lebre. Venha comigo até minha casa e veja se pode falar com o animal feroz que a ocupou. O chacal concordou em ir e, uma vez à entrada da toca, gritou, em voz forte: Quem está aí, na casa da lebre? A resposta não se fez esperar. Sou um guerreiro, filho do guerreiro-chefe do País-que-não-existe; sou capaz de esmagar o rinoceronte e de abater o elefante. Sou invencível. Diante disso, o chacal afastou-se, rápido, dizendo à lebre: Contra um guerreiro dessa espécie nada posso fazer. E fugiu a toda pressa. Lendo uma fábula africana, com a saliva espumando na boca. Sinto tiros em mim. Faço um cálculo e não chego a absolutamente nada. Estou muito distante de mim e das coisas. Os corpos que estão esparramados nas ruas me atormentam e eu procuro evitá-los para não pisar em cima. Mas sinto meus pés batendo nos dedos e nas mãos de mortos que não conheço. Guardo o livro de fábulas dentro da farda e acendo os olhos numa direção. Preciso arrumar uma maneira de terminar tudo isto. Mas eu sei, no fundo de mim, que não existe nenhuma maneira de terminar tudo isto. Daqui a pouco devo apresentar-me pela vigésima vez. Onde o senhor esteve? Alguém me perguntará e eu terei que dizer mil vezes sempre a mesma coisa: não sei.

Mas o que me adiantará? Eu não sei. Eu não sei de nada há muito tempo. Eu não sei de nada. Eu poderia respirar um pouco, não respiro há anos? Pergunto e sinto que um arame me aperta o estômago. Tenho vontade de comer uma maçã, mas sei que todos os pés de maçã foram arrancados do chão. Eu me lembro de você, Sônia, e não queria estar aqui. Sei que a noite me queima, como se eu estivesse com uma fogueira queimando dentro de minha farda e não consigo escapar. Me lembro da cidade em chamas que desapareceu diante de meus olhos assustados. As tropas avançaram com baionetas manchadas de sangue e cortaram o meu crepúsculo, rasgaram o último sol e mastigaram o alimento que eu guardava para os meus cães fuzilados. Quando acordei, no outro dia pela manhã, chamei um amigo e vi que todos estavam mortos. Assim, eu me senti sozinho e tentei erguer a casa derrubada um minuto antes. Mas eu sou uma pessoa frágil, um soldado que tem a incumbência de assassinar 32 pessoas ou morrer 32 vezes. Olho na minha mão para saber se estou com meus cinco dedos. Estou, mas não sinto. Minhas unhas estão sujas de terra. Eu me lembro de você e não queria estar aqui. Esta é uma terra desconhecida para mim. As estátuas movem-se à noite e derramam sentimentos aflitos nas calçadas. Quero ser dispensado, posto que não tenho condições para participar desta guerra. Não sei contra quem terei que lutar, não sei quem, não conheço o inimigo. Quero evitar contrariedades, que o senhor não se zangue. Mas o homem está atrás dos óculos e não me vê, ele está morto e eu me sinto morto para todas as coisas que me rodeiam. Tento ressuscitá-lo mas eu não faço milagres e sinto que neste instante as coisas estão mais longe de mim. Sinto uma caneta apunhalando meu ventre e tento escrever uma carta, mas eu não saberia para quem mandar porque eu não sei onde você está, em que terra você se escondeu. A noite é sempre assim, eu já estou acostumado. Mas não existe noite nenhuma, acho que se trata de um engano seu. Um engano meu. Também será computado na minha folha mais um crime por ter-me enganado diante da vida. Nenhum engano será perdoado, a tabuleta foi escrita na minha cara e colocada em cima da porta de entrada. Quero adormecer esta ansiedade, esta angústia que se enterra como um prego enorme na minha carne e me consome em solavancos violentos. Eles todos estão ditando normas contra alguma coisa e se excluem porque são puros, invioláveis. O senhor teria um manual que me ensine a caminhar numa guerra? Não, não tenho. Fico olhando e vejo ônibus atravessando os túneis, trens cortando a noturna paisagem dos seus olhos e me sinto arrependido pelas coisas que não fiz. Há um grave engano em tudo, eu disse um grave engano em tudo, mas eu não sei qual é. Agora ouço uma música de alucinadas guitarras, alucinados sons e me projeto em sua busca, dentro da minha guerra. Músicas e vozes se contorcem em mim como um bicho agonizante e invado as ruas tropeçando na minha sombra e na angústia de meus amigos. Abro os braços e chamo por você na cama desta noite de palavras mudas. Eu não posso falar. Tropeço e assumo a última posição para sobreviver em mim mesmo. Mas a última posição não existe, meu amor, embora isso não tenha nenhuma importância da ordem das coisas. Visto-me olhando num grande espelho e não me vejo do outro lado. Me procuro no quarto e na cidade e no mundo e sinto necessidade de nascer outra vez, de abrir uma porta e dizer, estou aqui, embora isso pareça impossível. Pulo do tanque e entro na minha escondida casa. Coloco meu fuzil encostado no guarda-roupa, onde posso alcançá-lo sem levantar da cama. As balas estão jogadas no chão e apontam para mim sua única dúvida, eu não sei qual é essa dúvida. Ouço os pneus de jipes alucinados correndo a noite. Tenho necessidade de nascer outra vez, de abrir uma janela, de abrir os braços e chorar até amanhã de manhã. Escuta, eu quero deixar esta guerra, não tenho condições de continuar, não entendo nada, eu digo a um homem que tem cara de comandante de alguma coisa. Não poderá deixar nunca a sua guerra e nem livrar-se do seu fuzil. Eu sei que o fuzil está encostado no guarda-roupa. As balas estão no chão, não pode, não pode, ele me diz. Eu abaixo a cabeça, estou sempre abaixando a cabeça e não falo mais nenhuma palavra porque costuraram minha boca, eu não posso mais falar, eu não falo mais nada, eu digo ao comandante que grita com uma tropa de dois soldados atravessando a rua. Perdi meu pé, preciso buscá-lo no outro lado da calçada. Eu me lembro de você, neste instante de morte. Eu tenho uma estrutura interior, você sabe? Uma estrutura psicológica, uma condição de vida, uma coisa qualquer que me espanta e me orgulha. Meus cachorros estão num grande campo verde e as flores estão crescendo nas suas bocas, um girassol nasceu no meu coração e os meus amigos estão mais tristes nesta hora da noite, nesta madrugada de sol, nesta fuga, no massacre que estraçalha as últimas flores que uma criança pensou colher.

Há esse momento, meu amor, que é necessário arrebentar tudo que está em nossa volta, arrancar da terra a própria terra e procurar construir alguma coisa. Há esse momento. É um momento de ternura. Mas eles não vão compreender, meu amor, e eu sinto saudades de você num mundo que me violenta o corpo e o espírito. Eu sinto saudades sim, sinto saudades de tudo, do século III, saudades das pessoas, saudades dos amigos, saudades do arco-íris, dos peixes, mas eu estou sozinho, suficientemente sozinho para saber-me distante de mim mesmo.

Atravesso uma rua desconhecida, uma rua desconhecida rua, meu cérebro está cercado por arames farpados e eu penso em você como uma criança que se perdeu num parque e olha as pessoas no fundo dos olhos. Um tanque passa por cima de mim, ouço gritos e me deito no chão, o tanque passa, corta meus ossos e eu grito de dor. Estou adormecido e noventa e nove pessoas estão olhando para o sangue que sai das minhas costas. Estou com tontura, eu digo ao motorista do tanque e eu não sei se quem dirige um tanque pode ser chamado de motorista, mas ele não compreende e diz que está na guerra de passagem, ele, como eu, não tem nada com isso. Sou carregado a um hospital e me lembro de você, que deve estar usando o telefone, que deve ter um copo com uma rosa vermelha na sua frente, você hoje, neste instante, deve estar com um vestido todo verde, como um campo imenso tão verde, tão azul, tão branco, eu não sei, você deve estar datilografando uma carta para mim e eu me lembro de você, sendo levado para um hospital. Está chovendo muito e não posso me mover, porque sinto que uma lâmina de ferro está atravessada em mim, no meio do meu corpo, eu me lembro de você, os jipes da guerra estão enferrujados, estão enferrujados os cérebros da guerra, estão enferrujados os nervos da guerra e uma gilete enferrujada vai cortando minha carne numa operação de emergência. Eles querem salvar minha vida, eu penso escondido dentro de mim mesmo, num canto da mesa de operação, eles querem me salvar. Um médico oficial coloca dentro de meu ouvido uma injeção de anestesia e eu acho que eles querem fazer uma lavagem cerebral, mas isso é uma loucura. Estou pensando em você, quando eu tirei o seu vestido verde e entrei em você, eu entrei dentro da sua vida, fui abrindo todos os caminhos que você guardou durante 23 anos de vida, você tem 23 anos e já nos conhecemos há mais de três séculos. Me deixe explicar: nós marcamos um encontro, você entende, acho que a última vez que nos vimos foi na revolução francesa, acho que foi lá, eu vou me lembrar e ainda conto para você. Você estava deitada e eu me aproximei de você e meus lábios tremiam de febre e sol, esse sol que cada pessoa tem dentro de si, um sol que tremia meus lábios, minha febre, você estava deitada dentro da cama de mim e eu me deitei sobre você, dentro da sua cama e fui me aproximando e abrindo seu leito e seu convite e fui abrindo os braços e rodopiando a luz azul da tarde e fui me transformando, fui entrando no seu ventre e fui deixando todos os fragmentos da minha vida, minha vida é um fragmento, fui deixando tudo dentro de você e você recebeu minha ternura, porque, apesar de tudo, eu sou um soldado que luta com ternura, com Deus, com a terra, com o chão, com as plantas, a revolução francesa, faz trezentos anos, nós tínhamos um encontro marcado e você compareceu no dia do meu aniversário que eu esqueci de comemorar porque não havia ninguém para comemorar, nunca houve ninguém para comemorar o meu aniversário, eu não sei se você compreende, você compreende? Seu vestido verde numa cadeira e seu corpo branco dentro dos túneis invisíveis da minha vida. O médico está costurando minha pele, ele cortou num lugar errado. Por que o senhor atropelou o nosso tanque? O oficial me perguntou e eu o mandei para a puta que o pariu, ele e todos que inventaram aquela guerra filha de uma grande puta, eu não tenho nada com isto, eu não atropelei ninguém, tem sentido eu atropelar um tanque? Eu perguntei e eles concordaram que não tinha sentido mesmo, mas acharam que eu era culpado e desejavam saber qual foi a razão que me levou a atropelar um tanque se não há nenhum sentido nisso. Não sei, eu estava pensando numa. Mas eles interromperam e disseram que numa guerra a gente não pode nunca desviar o pensamento dos inimigos. Eu perguntei quem eram os inimigos, mas eles não souberam responder e disseram que os crimes de minha folha estavam aumentando em número e isso equivaleria a uma pena terrível. Mas eu quero que vocês vão para o inferno, eu disse, estou com sono e pretendo dormir, já foram me acordar às cinco horas da manhã para um fuzilamento inútil, já fizeram tanta coisa, eu só pretendo ficar com um pouco de paz dentro de mim, vocês poderiam me. Eles não poderiam, não podem, não puderam e me perguntaram por que eu atropelei o tanque. Vão para a puta que os pariu. Virei de lado na mesa de operação e um médico disse que eu era um doente neurótico, mandei que fosse, também, juntamente com todos os outros e com toda a guerra, para a puta que os pariu, e eles não sabiam que puta os tinha parido. Subi na mesa e fiz uma dissertação a respeito, eles se acomodaram e durante três horas eu falei de todos os tipos de putas que eu conhecia e disse que algum dos tipos estudados devia ser do tipo da mãe deles. Eles ficaram felizes e bateram palmas, me abraçaram, cuidado com o meu ferimento, porra, eu gritei, cuidado com meu ferimento, mas eles me beijavam e eu comecei a sentir nojo de tudo e quis escapar, mas ninguém escapa facilmente das coisas, das situações, das circunstâncias. Por que o senhor atropelou o trem, digo, o tanque? Vão para a puta que os pariu. A datilógrafa que datilografava o meu interrogatório estava envergonhada com o meu depoimento e eu lhe perguntei baixinho, passando as mãos nas suas pernas, de que lado você está? Ela tremia e minhas mãos atravessavam as pernas dela e ela disse que não sabia de que lado estava, então eu a mandei para a puta que a pariu também e achei ótimo que ela tivesse desmaiado, achei genial que tivesse caído no chão com a máquina de escrever caindo em cima dela, olhei as teclas e percebi que ela ainda tentara escrever o que eu dissera antes, put a que par i u. Chamaram um médico oficial e deram um copo de água com açúcar para a datilógrafa e ela começou a gritar que serviria de testemunha contra mim, era mais uma testemunha, porque eu era um monstro, ela queria me ver condenado à pena máxima, qual é a pena máxima? Eu perguntei, mas ela não soube responder e começou a chorar sentada diante de sua máquina de escrever. Por que o senhor atropelou o tanque? Vão para a puta que os pariu. Mas eles não foram. Porque o senhor atropelou o tanque? Fiquei em silêncio e eles foram anotando o meu silêncio, a datilógrafa olhou profundamente nos meus olhos e eu me comovi porque senti que ela era uma pessoa sozinha, inteiramente sozinha diante dela mesma e de uma máquina de escrever. De que lado você está? Você precisa sempre optar por um lado, você nunca vai poder fugir. Ela me olhava e sua solidão era a minha solidão. Ela tirou da gaveta todas as folhas de meu depoimento e rasgou tudo e jogou pela janela, e eu vi o meu depoimento em pedaços voando. Um sol dentro de si. Por que o senhor atropelou o nosso tanque? Vão para a puta que os pariu. Agarrei o meu fuzil e saí. Na rua, peguei uns pedaços de minhas palavras e comecei a rir de desespero.

Estavam reunidos e eu estava sentado numa cadeira de balanço. Cada vez que eu balançava para trás, eu caía e eles achavam engraçado eu cair da cadeira de balanço. Quando aconteceu? Dia 9, eu respondi coçando a perna. De que ano? Eles perguntaram. 1997, eu respondi e eles anotaram. A lebre, então, saiu à procura do rinoceronte. Na minha casa está um guerreiro feroz. Você, que é tão forte, não quer ir falar com ele? O rinoceronte, que era bastante vaidoso, foi logo à toca da lebre e berrou, com quanta força tinha: Quem é você, que ocupa a casa da minha amiga lebre? A larva, sem perder o jeito, respondeu, em tom de desafio: Venha, venha, rinoceronte! Eu sou um guerreiro, filho do guerreiro-chefe do País-que-não-existe. Esmago de encontro ao chão todos os rinocerontes que encontro e danço sobre o cadáver do elefante. O que é que o senhor está lendo? Eles me perguntaram e se aproximaram de mim. Uma fábula africana, respondi. Se interessaram pela fábula mas eu disse que. Eu não disse nada, porque eu estava mentindo, a fábula não existia. A guerra é uma coisa terrível, eles falaram. Joguei a cadeira para trás e caí no chão. A guerra é terrível, eles falaram. Comecei a rir e eles não compreenderam. Mataram meus cachorros, eu disse, eu amava os meus cachorros, por que fizeram isso com eles? Perguntei, e eles responderam que tinham errado. Me fuzilaram, eu disse, eu não tinha feito nada a ninguém, por que fizeram isso comigo? Eles responderam que tinha sido um erro. Mas tudo era um erro, eu disse, e caí da cadeira de balanço, eles riram e eu pedi que não rissem, que fossem rir da, do que? Perguntei, mas eles não responderam. Tudo é um erro, um grande erro. Vocês, os oficiais desta guerra, têm uma folha onde todos os meus crimes estão computados. O último refere-se ao meu depoimento que a datilógrafa rasgou e jogou pela janela. Está anotado aí que eram panfletos contra a guerra e que minhas palavras tinham outro sentido além da minha própria defesa. Mais um crime. É tudo um erro, oficial, tudo um erro, o senhor precisa compreender isso, estou encostado numa parede que

vai desabar e vocês não vão resolver nada com esta guerra absurda. Hoje mesmo uma bomba poderá nos desintegrar e não sobrará nenhum pedaço do mundo, do sol, das casas, dos objetos. Isto não nos levará a nada, o senhor compreende? Caí da cadeira mas eles não riram desta vez e como eu já estava enjoado de cair e levantar, preferi ficar no chão mesmo e eles se agacharam para me ouvir. Vocês me deram um fuzil com 32 balas, eu disse, me deram uma guerra para combater, me inventaram inimigos e eu tenho alguma chance de escapar com vida. Mas não é nada disso, oficial, não é nada disso. As chances são poucas. O cerco é uma ciranda que está violentando as coisas e as pessoas que ainda estão caminhando entre as últimas flores. A ciranda é a própria violência, é a morte, a vida, o voo, a angústia, a casa, a porta, a janela, a rua sem saída, o crime, o grito, o silêncio. Eles estavam todos mortos e ainda traziam os fuzis usados para o meu fuzilamento. Estavam todos mortos, caídos nos cantos da sala, estavam mortos há dez séculos e nunca poderiam entender a minha linguagem, o jogo da ciranda, porque a ciranda é esse muro que esmaga, uma bota que dilacera uma criança, um tanque que passa por cima de um corpo. Eles nunca vão compreender por que eu rasgo o pano desta manhã e cuspo no ar, e grito aos mortos e aos vivos. Eles nunca vão compreender porque meu coração é um menino que se perdeu, que se lembra de você, Sônia, quando a tarde começa a desaparecer nos meus olhos perdidos, nunca vão compreender que a tarde está pegando fogo e que as árvores se contorcem em palavras de silêncio dentro dos ouvidos da terra, eles nunca vão compreender que não existe esse lugar, esse sol, essa guerra, essa garra alucinada de uma águia que mata um pássaro, que arranca os olhos de um pássaro, essa garra que se enterra no chão e inventa um novo deus para o mundo e para os homens e mata-o em seguida para que todos se sintam órfãos e arrependidos, esse remorso que abre essa fenda terrível dentro de nós, nós que nos perdemos no possível encantamento de um caminho qualquer, de uma árvore, de uma floresta de árvores, de uma floresta vazia, nós que nos perdemos diante da ternura e que acreditamos na vida, num instante mágico, num deus que se descobriu em nossos olhos e conversou conosco sobre a viagem do tempo em nosso pulso. Eles nunca vão compreender e tudo será inútil, esta guerra é inútil, este fuzil é inútil, tudo é inútil, e nossas bocas pedem socorro, mas sabemos nós que todos estão com os ouvidos fechados e não há possibilidade de se ouvir o grito dos que estão parados diante da vida e do mundo, com fome de afeto e solidão, murchando dentro de suas próprias veias, eles não vão compreender nunca, será tudo inútil, tudo inútil. Eles estavam mortos, encostados nas paredes brancas da sala, estavam mortos na rua, estavam mortos na cidade, nos bares, nas redações, nos luminosos, estavam todos mortos e de dentro da sua morte me indagavam coisas que eu não fiz, que eu nunca pensara fazer, de dentro da sua morte abriam os braços tentando abraçar os fuzis e as balas. Levantei-me e pedi licença, fui saindo devagar e atravessei as 99 portas que estavam diante da minha cara marcada, eu tenho uma marca na cara e me lembro de você, tento escapar e as portas esmagam as perspectivas de saídas. A ciranda, meu amor, como eu lhe disse uma vez, é um bolo que vai crescendo e acaba matando todos os convidados de uma festa de aniversário que não existe. Assim, recuo por uma medida de precaução, de prevenção. Carrego ainda o meu fuzil e tenho 32 balas no meu bolso esquerdo. Eles estão mortos e não acreditam nisso. Eu sei: amanhã, quando eu adormecer meus anseios e minha angústia, eles dirão que eu esqueci de viver. Mas isso não é tão importante como parece, isso não é nada. Amanhã é um dia que não vai existir e será inútil qualquer explicação a respeito. Amanhã, eles me perguntarão por que eu atropelei o tanque deles e eu não responderei simplesmente porque não terei uma resposta à altura Eu sei: amanhã eles me perguntarão o dia e o ano e eu responderei: dia 9 de 1997 e eles anotarão tudo, como de costume.

Às vezes deitávamos na grama dos campos e margaridas cresciam na nossa pele e nossos olhos viravam grandes girassóis e de nossas bocas saltavam grilos que anoiteciam a noite.

Às 9 horas da manhã, eu vou tentar uma emboscada, quando os tanques estiverem passando pela rua, eu vou estar encostado na parede, esperando minha vez, eu sempre esperei a minha vez, vou estar lá, no mesmo lugar. Amanhã será terça-feira e eu vou inventar uma desculpa para não ir ao dentista da guerra. O dia de ontem, sábado, dia 9 de 1997, não foi bom para mim, ele nem houve. Estou fazendo minha barba e meu rosto está contorcido dentro do espelho. Raspo de cima para baixo e me corto com uma gilete que escorre sangue no meu rosto. Limpo o sangue com um pedaço de algodão molhado em álcool e ouço uma tropa passando por cima de rolos de arame farpado, ouço os disparos de alguns fuzilamentos e os gritos de alguns sobreviventes. Me lembro dos meus amigos que devem estar perdidos no meio da noite e dos campos enlameados, devem estar amarrando os sapatos sujos de terra, devem estar contemplando pela última vez a cor clara de um dia que vai se escurecer como o chumbo, como a cor de todas as mortes que cada amigo guarda dentro de si. Mas o dia não existe, é mentira. No entanto, diante da inexistência do dia, da vida, da morte, do vácuo, do vazio, me lembro dos meus amigos, todos fardados, todos com seus fuzis, com suas balas e suas fugas. Estamos aqui, todos nós, encostados numa parede invisível, como tábuas para amparar a violência da queda. Estamos todos aqui, dentro de uma caixa de fósforo que está se incendiando no tédio desta longa tarde. Sinto nos meus olhos um frio de ódio, mas eu não sei odiar e é exatamente esse o meu maior erro. Há um rato roendo os corredores das consciências e os soldados estão passeando pela cidade destruída. Não tenho nada com isto, entende? Grito da janela ao oficial que passa dentro de um jipe, fico gritando e mastigo o pedaço de algodão molhado em álcool, com pequenas manchas de sangue, não tenho nada com isto, seu filho da puta, eu grito e ele me aponta um revólver de matéria-plástica e me dá um tiro e eu rolo ferido, me projeto no ar e caio no meio da rua onde os tanques procuraram, na medida do possível, se desviar do meu corpo. Mas nem tudo é possível numa guerra, nesta guerra. Um amigo meu me disse que teve que assassinar um camarada para roubar-lhe a bota, numa guerra a bota é tudo, ele disse, e se aproximou do outro e matou-o a pancadas. Você poderia ter-lhe poupado a vida, eu disse, mas ele não poderia ter-lhe poupado a vida, porque eram duas pessoas decididas por alguma coisa, uma querendo fugir, outra querendo a bota. Não podia ter-lhe poupado a vida, seria muito difícil tirar a bota do seu pé se não estivesse morto. Foi numa rua sem saída, a guerra é sem saída, fui me aproximando dele, ele começou a gritar, ele se encostou na parede e implorou, mas eu não podia ter nenhuma clemência com ele, era ele ou eu, e foi ele como podia ter sido eu, é uma questão de colocação de coisas, apenas isso, cada um está no seu jogo e cada jogo tem sua regra. A bota está aqui comigo, no meu pé, você sabe, numa guerra a bota é tudo, ele me disse. Meus amigos devem estar amarrando sapatos sujos, perdidos no meio da noite dos campos enlameados. Vejo na minha frente um branco campo de algodão e me lembro do corte, o risco de sangue escorrendo do meu rosto, a gilete no chão. É necessário ter uma estrutura psicológica muito bem montada dentro da gente para suportar. Enlameados. Amanhã será terça-feira e eu vou explicar mais uma vez. Quando os tanques estiverem passando, eu estarei escondido atrás de uma igreja com uma granada na mão e, quando eles passarem, eu jogarei a granada, e os tanques vão explodir e eu vou sair correndo pelo campo e tentarei chegar à fronteira de algum país, com pedaços de cadáveres nos olhos, colados no meu rosto. Tudo tem que ser bem planejado. Amanhã, 9 horas. Passarei a noite inteira planejando, não pode haver erro, embora tudo seja um erro e se eu errar será mais um crime contra mim. Guardo meu fuzil porque estou cansado de olhar para ele, mas ele fica olhando para mim do canto do quarto. Fecho os olhos e o silêncio pula dentro de mim como um gafanhoto doente que se debate nas águas de um rio. Planeta Terra, por enquanto. Você poderia ter poupado a vida dele. Agora os soldados caminham dentro de mim e carregam as metralhadoras para assassinar uma criança que daqui a pouco vai colher as flores do campo. Eu ficarei olhando, sem nada poder fazer. Será muito morrer com ela? Ela me responde que não quer que isso aconteça, os soldados não compreenderiam e falariam até em ato de traição contra a democracia. Eles vão matar uma criança que vai colher as flores, isso ficou decidido na reunião de ontem, a criança está condenada e nenhuma lei de última hora poderá salvá-la. A criança está dormindo ainda, dentro de mim. Quando amanhecer, terça-feira, dia 9 de 1997, às 9 horas, ela vai acordar dentro de mim e me chamará de amigo, me beijará a boca e me estenderá as mãos e sairá e eu saberei que ela não voltará nunca mais. Ela me olhará profundamente dentro dos olhos e eu sentirei nojo de tudo e saberei da importância do ódio. Mas eu não sei odiar. Ela está dentro da minha carne, nos meus músculos, nos meus olhos e eu já ouço os soldados na rua, colocando as metralhadoras atrás das árvores que cercam o campo. Eles obedecem ordens, a gente sempre obedece uma ordem. Quando amanhecer, eu vou me esconder de mim mesmo e procurarei não despertar os meus sentidos. Os soldados falariam até em ato de traição. Agora, por exemplo, eu poderia usar o meu fuzil, poderia correr até a fronteira e levar essa criança que dorme dentro de mim, que vai morrer num instante. Mas tudo é um erro, uma grande mentira. As ruas estão cheias de lama e os soldados permanecem lá em baixo. Eu ainda tento fugir, mas todas as portas estão fechadas e a criança que vive dentro de mim está acordando para a sua morte, ela vai abrir o dia para abraçar as flores desse campo que vejo na minha frente, sem saber que as metralhadoras estão escondidas e vão disparar sobre seu frágil corpo. Eu a pegarei no colo, afagarei suas mãos furadas à bala, depois que os soldados forem embora, eles vão olhar a criança morta no meio do campo tão verde, uma criança vestida toda de branco, que foi apanhar flores para colocar num vaso de vidro. Eu me abraçarei nela e sentirei seu pequeno mundo morto junto ao meu coração e direi nos seus ouvidos ensanguentados, perdoe-me, eu nada pude fazer, eu nada pude fazer.

Fui procurar um vidro de mercúrio atrás do hospital e achei um violino com o braço amputado, o braço estava do lado, faltando duas cordas, o senhor teria cordas para violino? Perguntei numa loja de artigos musicais que ainda não tinha sido destruída, mas o homem da loja disse que só tinha cordas para enforcamentos, eu saí e uma patrulha se interessou pelo meu aspecto e um oficial me chamou de lado, perguntou se eu sabia jogar xadrez, eu disse que não sabia jogar xadrez, ele me perguntou se eu sabia jogar qualquer jogo, eu disse que não e ele me mandou prender, iniciou um processo contra mim, o problema é que estou em guerra comigo mesmo, eu disse, e o oficial não quis ouvir, eu fiquei olhando o jipe dele indo embora, fiquei segurando o violino e, de repente, tive vontade de aprender violino mas soube imediatamente que todos os professores de violino haviam sido assassinados na noite anterior, então eu desisti definitivamente de ser violinista, e estou sem respirar há dez minutos, eu disse aos oficiais que me rodeavam, eu me esqueci de respirar, posso respirar? Eles disseram que não e então eu caí morto.

Eles costumam trocar ideias, fazem reuniões e discutem as maneiras para destruir o inimigo. Nenhum deles está falando do crime, do assassinato de uma criança num campo. Ninguém vai saber, eu penso, e se eu fizer um discurso sobre esse crime, ainda me chamarão de louco e me internarão numa clínica, eles têm o controle de tudo. Me lembro bem de quando seu corpo se agachou para alcançar uma flor verde, me lembro quando ela se contorceu diante das metralhadoras, a flor se despedaçou junto ao seu corpo, e eu estava olhando da janela, sem nada poder fazer, gritando dentro de mim, não façam isso, não façam isso, mas as balas gritavam mais alto que minha boca. Depois os soldados foram embora e eu desci as escadas, tropeçando nos degraus, violentando minha angústia e fui buscar seu corpo, o meu corpo, eu não fiz nada, e os seus olhos estavam destruídos dentro de mim, nas minhas mãos, seu pequeno mundo de criança, sem muitas soluções lógicas, sem muitas observações, sem muitas fugas, perdoe-me, eu não pude fazer nada, eu não pude fazer nada. Agora ela está morta, no fundo de mim, como se estivesse dentro de um profundo poço. Às vezes, eu desço a corda e vou até onde ela está, mas não me aproximo porque tenho medo. Alguma coisa me faz recuar no último momento. Ontem à noite me pegaram quando eu passava arrastando meu corpo dentro de um saco, eu puxava, puxava, o saco se arrastava, eu arrastava a vida sufocada dentro de um saco, mas eles me encontraram, me olharam, o que o senhor leva aí dentro? Eles perguntaram e eu não podia responder porque tinha esquecido minha voz dentro do armário, eu tinha fechado o armário e jogado a chave fora. Amanhã será terça-feira e eu vou arrombar o armário, às 9 horas, eu não posso ficar calado. Conversamos ontem, fizemos planos e estabelecemos para nós mesmos que é preciso derrubar a parede antes que ela caia. Faz tempo que o senhor leva sua vida aí dentro? O oficial perguntava e tinha nas mãos um formulário. Preferi não responder, porque não havia nenhuma resposta a ser dada. Então eu me lembrei de você. Virei-me contra a parede e adormeci segurando suas mãos e suas mãos eram como algodão no meu corpo, e segurei seus cabelos e fiz levitação com você, batemos no teto e adormecemos até depois de amanhã, que ainda não veio, mas que anotamos no calendário da parede branca desta casa. Os civis estão andando debaixo de um guarda-chuva preto, andam de um lado a outro e eu sinto angústia em vê-los andando de um lado a outro. Eu estou no meu quarto tomando um copo de veneno. Preciso achar a chave do armário porque a minha voz está pedindo socorro lá dentro e os vizinhos estão se sentindo incomodados, eles podem chamar a polícia, algum oficial e então eu estarei definitivamente perdido. No julgamento pregaram a folha dos meus crimes nas paredes e os jurados ficaram impressionados com a minha conduta diante da vida. Uma vida desnecessária, inteiramente inútil, disseram. Mas eu fiquei quieto, preferi ficar quieto no banco dos réus e o único réu era eu mesmo diante de mim. Me olhei e me perguntei: O que aconteceu? Eu não sei, respondi. Um homem se encarregou de investigar minha vida e tinha um livro de mil folhas datilografadas e ele leu as mil folhas contra mim e os jurados adormeceram, um deles colocou um pijama de bolinhas azuis e adormeceu, eu fiquei olhando o homem falando da minha vida e me lembrei de você, você que eu amo, você que está dentro de mim como uma planta, você que eu não sei quem é. Mas eu não podia me lembrar de você, porque o juiz adivinhava meus pensamentos e batia seu martelinho na minha cabeça. Então você apareceu no julgamento e ficou sentada no último lugar e eu pude ver seus olhos profundamente tristes e eu lhe falei que eu não tinha feito nada, que eu poderia ser condenado por nada, mas você não podia me responder porque eles costuraram sua boca e eu vi que seus olhos choravam e eu coloquei meus olhos sobre os seus olhos e eu beijei você tantas vezes que meus lábios se secaram e eu fiquei junto de você, e meu abraço abraçou toda a tarde, o tribunal, as ruas, o silêncio, a minha morte que se aproximava e você ficou imóvel, Sônia, como um menino doente, como uma criança que morreu dentro de mim, eu não pude fazer nada, eu não pude fazer nada. Tenho medo que eles também fuzilem os meus cachorros. Eles têm tudo escrito, com datas marcadas, horários impossíveis de contestar, mas eu digo baixinho, é tudo mentira, é tudo mentira, é tudo mentira, e eles riem para mim, me olham nos olhos e meus olhos olham você. O juiz adormeceu e ao acordar bateu com o martelinho na minha cabeça e pediu que eu falasse alguma coisa e eu me levantei e disse: Admirável público, senhoras, senhores: Esmigalhei um gato e comi suas vísceras pela manhã, misturei seus olhos em vinagre e derreti sua carne no carvão vermelho de vossas almas. Eles me olharam e bateram palmas para mim. Eu fiquei em silêncio por cinco minutos. Depois falei: Eu arranquei os óculos de um sacerdote e joguei uma dinamite dentro de sua igreja, e Deus desesperou sua solidão. O juiz queria um pronunciamento meu em minha própria defesa e eu disse que tinha espancado um oficial e que o assassinei às dez horas da noite e que tinha enterrado seu corpo debaixo da minha cama. O juiz calou-se e atirou seu martelinho contra as paredes e disse, o que ele disse? Ele não disse nada, os jurados saíram e voltaram três horas depois e eu fui condenado, o juiz gritou, o réu é considerado culpado e será fuzilado às cinco horas da manhã e seus bens passarão para o Estado, que dará o destino certo às suas coisas, posto que ele não tem família, ninguém. Mas eu não tenho nenhum bem material, eu pensei e achei que seria desnecessário explicar. Eu procurei você, mas você já tinha saído, você tinha desaparecido, e suas mãos ainda estavam dentro de meu bolso, dentro do meu corpo, dentro do meu coração arrebentado. Antes de sair tirei uma fotografia e olhei para trás para dizer ao juiz que o maior erro era dele, ele poderia ter suspendido o julgamento porque não havia nada a ser julgado, e uma pessoa inocente foi condenada à morte e sua morte não resolveria nenhum problema, todas as questões continuariam a existir, tudo continuaria a existir, a mulher do juiz continuaria a existir, os jurados continuariam a existir, os crimes continuariam a existir, mas eu não continuaria a existir, eu seria fuzilado e meu corpo seria despedaçado pelos corvos que já estavam voando há algum tempo sobre minha casa, nada seria resolvido, o réu é considerado culpado e será fuzilado às cinco horas da manhã, ele dissera e antes de sair eu tirei uma fotografia e olhei para trás para dizer que o maior erro era dele, mas ele tinha um revólver encostado na cabeça e os policiais me puxavam num corredor imenso, onde eu me debatia como uma mosca.

O

médico

de

plantão

morreu.

Estava escondido com dinamite nas mãos, o pavio aceso, eu não sabia em quem devia atirar, eles deram uma ordem e eu fui cumprir essa ordem. Resolvi apagar o pavio. Me desculpe, senhor oficial, acontece que eu não sei o que fazer com esta dinamite e, convenhamos, é um pouco perigoso ficar com dinamite acesa nas mãos sem saber o que fazer. Ele me olhou nos olhos e começou a babar. Mexeu no seu revólver mas resolveu não me liquidar por coisa tão sem importância. Ele não gostou da brincadeira e colocou uma dinamite na minha boca e acendeu com um isqueiro que falhou 9 vezes, 9 horas, dia 9 de 1997, mas antes que a dinamite explodisse na minha boca, eu disse que estava com dor de dente e que evitara o dentista da guerra, por uma medida de precaução, mesmo porque o dentista era um tipo ridículo e todos nesta guerra são ridículos, absurdamente ridículos, principalmente sua digníssima mãe, senhor oficial, que deve estar tomando sopa, ela não tem culpa mas é ridícula. A dinamite explodiu e eu pedi licença ao comandante para lavar o rosto, colocado que estava cheio de pólvora. Pedi um espelhinho a um amigo e ele disse que não tinha, eu não pude ver o meu rosto e me fiquei imaginando. O oficial tinha desaparecido da minha frente, uma figura ridícula, um tipo que comia com as duas mãos e mastigava sem saber porque, como, quando, todavia, não sabia nada, e me dava ordens para matar os inimigos, mas eu não sei quem são os inimigos, porra, eu dizia para ele, e ele se aproximava de mim e falava nos meus ouvidos que eu o estava desmoralizando diante dos seus comandados e eu respondia que ele era mesmo um tipo desmoralizado diante de seus comandados, mas que, antes disso, eu não sabia, mesmo, quem eram os inimigos, quais eram, porque eram, eu não sabia nada. Ele coçou a cabeça e disse: Acho que o senhor tem razão. Olhou-me e perguntou: Quem são os inimigos? Meu pior inimigo sou eu mesmo, ele me confessou e implorou que eu o liquidasse com 32 tiros de fuzil, e eu lhe disse que tinha 32 chances, não poderia usá-las todas de uma vez, mas ele insistiu, e eu acabei concordando, coloquei uma bala e não disparei porque meu dedo estava machucado e eu não tinha força, então ele disse que eu não queria colaborar mesmo, e a guerra era algo terrível, é um lugar para pessoas corajosas e decididas. Então eu decidi e vim aqui, oficial, pedir-lhe para deixar esta guerra, porque eu não encontro nenhum sentido em participar de uma guerra, vim aqui para entregar o meu fuzil, as 32 balas, eu não quero mais participar de nada. O oficial disse que eu precisava acatar as ordens do comando superior e o comando superior estava sempre reunido, seria impossível falar com ele. A gente tem que conquistar a paz através da guerra, o oficial me falou com ar supremo e eu o mandei para a puta que o pariu e me lembrei da cena no hospital, quando me costuraram as costas e me perguntaram centenas de vezes: Por que o senhor atropelou o nosso tanque? E eu ficava olhando para eles, sem compreender esse tipo de gente. Fui ao hospital retirar os pontos e encontrei um aviso na parede, escrito com letras pretas. Perguntei a um oficial como é que eu deveria proceder para retirar os pontos das minhas costas, ele se curvou diante de um telefone e telefonou para trinta lugares e não resolveu nada, as ambulâncias estavam paradas e os feridos da guerra chegavam e morriam na minha frente, eu não sou médico, eu não sou médico, eu pensava, sem condições de salvar ninguém. Eles estão reunidos, o comando superior, estão escrevendo as leis para a guerra e eu terei que acatar essas leis, todas as regras que eles vomitam na minha cara. Um oficial com ar de imbecil atravessou o corredor e me chamou: Arrumamos um médico e vamos retirar os pontos de suas costas, ele me falou usando um microfone, mas eu não ouvi bem porque o alto-falante não estava funcionando, mas eu fui assim mesmo e um médico oficial, com um uniforme vermelho e um chapéu preto enterrado até as orelhas procurava me olhar atrás dos óculos, tinha um alicate na mão e me chamava, vem, vem até aqui, deita aqui na mesa, de bruços, de bruços, vamos retirar os seus pontos. Era um imbecil e sua imbecilidade. Imbecilidade, s.f. (I. imbecilitate). 1 — Qualidade de imbecil. 2 — Ato ou dito imbecil. 3 — Med. Estado durante o qual os indivíduos, pela fraqueza dos órgãos destinados à manifestação do pensamento, são de uma mediocridade tal que se tornam incapazes de elevar-se ao conhecimento e à razão comuns a todos os indivíduos da mesma idade. I. nativa, Dir.: degenerescência do espírito, que se caracteriza pela fraqueza ou falta de desenvolvimento, e perturbação sem lesão, das faculdades intelectivas da pessoa, tornando-a civilmente incapaz de governar-se e reger os seus bens, assim como irresponsável sob o ponto de vista criminal. Era um imbecil e sua imbecilidade doía em cada gesto, estava com um alicate enferrujado na mão, um uniforme vermelho, um chapéu preto, um retrato de todos da guerra, dos superiores da guerra. Por isso, eu estou aqui, oficial, quero me retirar, como eu já disse várias vezes, eu não tenho nada com isto, quero ir embora. Sabe que o bedel da guerra me denunciou e fez uma anotação na minha folha de crimes cometidos, porque eu adormeci no campo de batalha? Pois é, senhor oficial, um bedel que não tem o que fazer, ninguém tem nada que fazer, essa é a verdade, o bedel me viu caído com a cabeça enterrada no chão e chamou os superiores que se aproximaram de mim como freiras superioras e leram centenas de regras que eu deixei de cumprir naquele instante que fui acusado de um crime terrível, o de estar colaborando com o inimigo. Por isso, eu estou aqui, senhor oficial, preciso ir embora porque esta guerra me deixou com tédio, estou enjoado e preciso me salvar enquanto há tempo. O martelinho do juiz era engraçado, acho que ele devia enfiar o martelinho no ouvido, no bolso, nos olhos, em qualquer lugar, ao invés de ficar batendo na minha cabeça. Quando os policiais me levaram pelos corredores, eu queria encontrá-lo para dizer-lhe isso, mas talvez eu não possa dizer nunca, não há mais tempo. O oficial me olhou, eu não entendo, o seu estado de ambivalência, não posso compreender, ele disse, o senhor está sempre entre dois caminhos, talvez uma terceira solução. Mas ele não completou porque eu me retirei e o médico com cara de imbecil. Imbecil, adj. e s., m. e f. (I. Imbecibille). 1 — Que, ou quem é fraco de corpo e espírito. 2 — Néscio, parvo, tolo. 3 — Que, ou o que revela tolice ou fraqueza de espírito: Risada imbecil. 4 — Cobarde, pusilânime. 5 — Psicol. Que tem nível mental entre um quarto e metade do nível normal do grupo de idade cronológica a que pertence; pessoa nessas condições. Mas ele não completou porque eu me retirei e o médico com cara de imbecil colocou o alicate sobre uma mesa, era ridículo, é ridículo, eu pensei, e fui saindo devagar, e vi no pátio as ambulâncias que se aproximavam com os mortos, os feridos calados diante de um muro e alguns oficiais realizando reuniões em grandes salas para resolver o meu destino.

Ontem à noite eles vieram me buscar. Passei a madrugada inteira respondendo perguntas que eles fizeram. Me sentaram numa cadeira de ferro, eu respondi tudo que eles quiseram. A minha folha de crimes é horrível, eu mesmo fiquei impressionado com tudo que fizera até hoje. Agora estou preso e meu cárcere tem dois metros quadrados e uma pequena janela, por onde eu olho um grande campo verde. Às vezes, um menino vestido de branco percorre esse campo demoradamente, colhendo maçãs, e eu vejo bois e cavalos, vejo árvores e sobretudo um lençol muito verde e os pequenos pés desse menino encostados na terra, no chão. Estou preso dentro de mim, um cárcere de dois metros quadrados, ano de 1997, aguardando as cinco horas. E eu me lembro de você, Sônia. Estou percorrendo os corredores de minhas veias. Tropeço muitas vezes no meu desencontro e sorrio às vezes para me enganar. Eu preciso sorrir para os guardas. É assim, ouço uma música que entra dentro de mim como uma agulha que penetra na minha carne, na minha cama, me costura a cicatriz do último ferimento. Eu não posso solicitar a presença de ninguém, porque sou um preso incomunicável e estendo meus dedos pelas frestas da porta, porque eu sei que você está aqui perto, talvez você esteja encostada à porta, do outro lado da porta. Mas é preciso abrir a porta, é preciso, eu digo para mim mesmo e caio com os cortes escorrendo sangue. Talvez você não me possa ouvir, porque eles tiraram minha voz e meus nervos já não obedecem meus movimentos. A escuridão é o desejo de morte, neste instante, e eu busco as ruas, as avenidas, as cidades, os campos e vejo que uma criança persiste em me olhar e estar junto de mim, dentro de meu coração arrebentado. Os ferros estão se enferrujando junto à minha boca e minha respiração para num instante de soluço. A paisagem da terra é essa, e as pessoas estão apressadas demais para compreender o último dia que está nascendo. Eu preciso conversar com o guarda, mas ele também é um preso incomunicável. Sei que você está do outro lado e talvez você já nem se lembre que eu existo ainda, que eu estou aqui no meu cárcere pensando em você, olhando um calendário, um relógio, um campo, onde bois e cavalos completam a luz e o sol. Eu sei até onde eu poderei chegar com esta angústia que me derruba, como um incêndio que arranca a terra do lugar, que queima os móveis de uma casa, que se alastra num sanatório, onde ninguém pode fugir. Eu preciso falar ao menos mais uma vez, antes que seja tarde, que eu não fiz nada, eu preciso insistir nisso, porque depois a gente diz que não foi possível mudar o rumo das coisas. E eu sei que você está do outro lado, eu ouço sua respiração debaixo de mim, junto à minha boca, você está respirando e chorando, você está chorando, e eu não queria que você chorasse, porque no fim a gente compreende que a vida é assim mesmo, é uma guerra onde os soldados como eu estão desprevenidos e não sabem o que fazer no campo de batalha. Mas eu tentei fazer alguma coisa e segurei a parede até o fim. No entanto, agora é muito tarde, é muito tarde na vida, é muito tarde no mundo, é muito tarde na igreja, é muito tarde para Deus tentar um acordo, para Deus salvar-se. Se eu pudesse estender seus braços, abraçar o silêncio da tarde, a angústia da tarde, se eu pudesse alcançar você neste instante, nesta busca. Me lembro de quando você chegou. Nesse dia também eu estava sendo convocado para uma guerra absurdamente terrível. Acho que você não se lembra e se eu conseguir fugir do meu cárcere, se eu passar em frente de sua casa, talvez você não me reconheça mais, porque eu não sou o mesmo, eu estou destruído, estou dividido em mil pedaços e eu me arrasto dentro de mim e tenho que sorrir diante das vitrinas da cidade, diante dos espelhos, diante dos olhos dos guardas. Mas eu sei que você está do outro lado e talvez seja muito, seja um desejo impossível, pedir que você se aproxime mais um pouco, para que eu possa sentir sua boca encostada no meu peito ferido, mas talvez seja impossível ver você mais uma vez, você saberá das coisas naturalmente, alguém um dia lhe dirá, e você dirá para meu filho que eu inventei um mundo novo para você, um mundo que você nunca pensou existir, um mundo que você mesma me deu, me mostrou de repente, onde os campos eram verdes e onde uma criança que morreu dentro de mim passeava todas as manhãs, colhendo flores. Eu sei, você se lembrará com ternura, com amor, e talvez isso já me seja uma dor a menos. No entanto, meus olhos estão fechados e minhas mãos imóveis.

Faz três séculos. Você dirá qualquer coisa a meu respeito, ficará triste e sua solidão será tão grande que eu terei medo de me aproximar de você, e farei tudo para arrancar de você essa noite, essa planta que eu plantei na sua carne, esse abraço que marcou você, que feriu você, mas eu estava desesperado, você se lembra? Eu sempre estive desesperado e é inútil querer negá-lo. O guarda adormeceu encostado à porta de meu cárcere. É um homem de 28 anos, um metro e oitenta e dois centímetros de altura, magro, um rosto marcado de angústia, chamase Álvaro, é o meu policial, é aquele que o comando superior destacou para a minha guarda. Mas ele está adormecido, está cansado como eu estou cansado dentro de mim, estamos os dois cansados e, de certa maneira, ele também está preso, caído junto à porta de meu cárcere, junto aos nove cadeados que fecham a minha porta. Ele seguia todos os meus gestos com os olhos e não falou uma palavra, e eu necessitava de palavras. Andava de um lado a outro, diante de minha cela, com seu uniforme. Pensei em matá-lo mas achei que ele ainda era necessário na minha vida. Pensando bem, eu não teria forças suficientes para matá-lo. Ele existe e, na medida que existe, eu existo diante dele e ele diante de mim. É preciso separar uma pessoa da outra. Estou caído no corredor, e me vejo preso aqui dentro, num cárcere de dois metros quadrados, uma pequena janela diante de um campo. Eu sinto que você está muito perto, está dentro do meu coração, está tecendo uma blusa para mim, está conversando com uma criança morta, você está correndo no meu sangue, está amalgamada na minha carne e, no entanto, eu não posso chamá-la. Então eu me abraço e adormeço encolhido no chão, vou me envolvendo e sinto minhas unhas caminhando nas minhas costas e tento me reconstruir, tento juntar os mil pedaços de mim, mas eu estou perdido e não consigo dizer isso a ninguém, eu não posso fazer nada, e todas as coisas são uma decorrência que está me violentando, e eu me envolvo, eu me abraço e adormeço e carrego meu corpo para um jardim, e arrasto minha estrutura pela cidade. Eu sei, Sônia, amanhã você vai lembrar, amanhã será terça-feira, você vai lembrar e não faltará sua ternura e você estará até sorrindo diante de mim que estarei imóvel, olhando dentro de você, caminhando em você como um passageiro desconhecido. E você dirá que eu tinha um canteiro de flores verdes, que você nunca imaginou que pudesse existir, um mundo tão novo que você criou, que você trouxe não sei de onde, que me envolveu com um véu branco e eu entrei com você numa porta e nós dois ficamos parados, um diante do outro, sem saber o que dizer, porque não era preciso dizer nenhuma palavra, nada era necessário, porque nós estávamos nos revelando, identificados e calados diante do mundo, num desafio de terror e sabedoria, que arrancou de mim a última tentativa de saber-me gente.

Avisamos aos cidadãos desta cidade que os alimentos estão racionados até segunda ordem. Todos devem se apresentar no posto 345 para vacina. As crianças devem ficar em casa. Quem tiver gasolina deve entregá-la, com urgência, no posto 678. Precisamos de sangue, os que devem oferecê-lo dirijam-se ao posto 18.987. Todas as saídas estão bloqueadas. É proibido passear no jardim. Avisamos aos cidadãos desta cidade que todos os crimes terão o castigo merecido. Todos devem cooperar neste momento de emergência. Temos que salvar nossa morte. Todos devem colaborar. Quem tiver roupas em excesso deve entregá-las no posto 3, com urgência. As casas podem ser invadidas a qualquer hora da noite ou do dia. O inimigo está sendo esmagado, seremos os donos do mundo.

A necessidade de estar só, longe das coisas, de mim mesmo, sair de mim, caminhar ao meu redor até que meus olhos me percam de vista. Me olhar de frente, cara a cara, cheirando a ausência no ferimento dos poros, diante da alucinação, da loucura, da solidão, do deus que cada um tem dentro de si, um sol. Diante de meu aspecto, olhando no fundo de um espelho que não existe e dizer que está tudo errado, que tudo é um erro. A necessidade de estar só, longe de mim, arrebentar o coração com uma bala. É tudo um erro, um grande erro. Cortei a noite com uma faca e carrego seus pedaços nos meus dentes. A lição vai começar, tome o seu lugar, a professora me diz e me acena atrás de uns óculos de lentes grossas, eu nunca usei óculos eu me lembro e digo para mim mesmo e percebo a inutilidade de dizer determinadas coisas. A lição vai começar. O senhor tem que carregar o fuzil desta maneira, ela diz e me olha profundamente os meus olhos adormecidos. Eu estou muito longe daqui, professora, a senhora me perdoe, me desculpe, eu não estou aqui, não estou presente, coloque falta na minha folha, é que existe em mim a necessidade de estar sozinho, diante de mim mesmo. Mas a professora não entendeu e eu compreendi que ela não estava na sala de aula para compreender, mas para ser compreendida, no entanto, neste instante, eu não vou conseguir, a senhora me perdoe pela segunda vez. Ela apertou um botãozinho e o bedel da guerra, o bedel da escola, entrou batendo a cabeça nas paredes, gritando desesperado, o que houve? O que houve? Trazia um revólver na mão e olhou para os óculos da professora e os olhos da professora saltaram pelo vidro, a professora começou a chorar dizendo que eu não era um aluno comportado, um soldado comportado, que eu estava prejudicando sua aula e os outros alunos. Mas eu estava sozinho na classe e disse que era mentira, é tudo um erro, professora, a senhora sabe disso. O bedel segurou no meu pescoço e enfiou um ferro na minha boca mas eu consegui quebrar três dedos da mão dele e ele ficou gritando e eu comuniquei à professora que ia me retirar: Querida professora: colocado que minhas condições emocionais não me permitem assistir à aula de hoje, peço-lhe a fineza de sua permissão no sentido de que eu possa me retirar. Muito obrigado pela sua amável compreensão. Ela pegou o papelzinho, uma folha que eu arranquei do meu caderno, leu e me deu onze tiros nas costas, eu pensei em cair mas percebi que não seria verdadeiro, porque ela, a professora, e eles, os onze tiros, não existiam e se eu caísse eu estaria colaborando com eles, estaria vivendo a farsa, mas eu não quero viver a farsa e fui saindo, atravessei o pátio e as ambulâncias continuavam a chegar, o comando superior estava reunido, o senhor sabe jogar xadrez? Me lembro da voz do oficial e fico rindo, mas eu estou triste, eu sempre fui um homem triste, e vou atravessando o pátio e saio por um portão imenso e eu sinto que estou saindo de mim mesmo, que eu estou indo embora de mim, diante do espelho. Meu relógio marca treze horas e dez minutos, mas é mentira porque eu não tenho relógio, tenho uma urgente necessidade de ficar diante de mim, de usar o meu fuzil e atirar 32 vezes. Um barulho de zinco invade minha cabeça, e as casas começam a cair, as pessoas correm de um lado a outro, vejo saques, crianças sendo pisadas, eu penso em fugir ou me esconder, mas não há lugar nenhum onde eu consiga me encontrar, e eu quero ficar sozinho, tão sozinho onde eu possa ouvir uma mosca voando dentro do meu pulmão. Os caminhões de feridos estão batendo um no outro e eu vejo um enterro de uma criança, as mães estão levando o corpo numa pequena caixa, a criança é um poema mutilado a fogo de metralhadora, ela vai ser plantada na terra, eu fico olhando, e me arrasto pelas ruas enlameadas e vejo uma lua, a lua não existe, é mentira, e vejo um buraco branco no infinito e as mãos de Deus arrancando a relva do espaço, e eu penso em explicar, mas quem sou para tentar explicar alguma coisa a Deus, que está onde minha voz não pode chegar nunca? Me afogo numa poça de água e ressuscito no terceiro dia, na terceira noite e agora é madrugada, eles vão enterrar um menino e eu estou chorando, eu estou me contorcendo apalpando os furos de meu corpo, as balas de sangue e ódio que entraram em mim. Sinto os vermes da terra, eles estão caminhando devagar e batem os dentes nas raízes, mas um verme não tem dente, eu penso, mas isso não tem nenhuma importância. Nem sentido. Estamos num sanatório e você vai ser enterrada, eu digo à criança, e ela me olha de dentro de sua roupa branca, e diz com uma voz muito baixa que não faz mal, não faz mal, ela me diz, e eu grito que as coisas não podem ser assim, nunca poderão ser assim, eles falam tanto, tanto, que a gente acaba acreditando neles, mas deve haver uma maneira de modificar tudo. Não há, ela me diz e baixa na terra e se estende na terra, no meio das flores, ela foi e será, não é mais, eu penso, e os gatos voltam ao meu cérebro e enfiam suas unhas nos meus olhos e eu grito de dor e angústia e me debato nos corredores, mas os policiais me algemaram, o juiz grita que eu sou um louco e eu procuro dizer que me perdoem, que eles pegaram a pessoa errada, cada um erra uma vez, eu digo, mas eles não querem compreender e me colocam dentro de um mundo onde eu ando há séculos procurando uma saída. Me costuram a boca e me pedem silêncio, o senhor está proibido de falar, eles me dizem e eu fico pensando, o senhor está proibido de pensar, eles me dizem, e eu fico imóvel, o senhor está proibido de ficar imóvel, então eu peço para morrer e eles me dizem que eu estou proibido de morrer, e eu entro nas vilas amaldiçoadas que trago dentro de mim, cada um tem uma marca na cara, eu penso e sinto a necessidade de estar sozinho, andando no ar, suspenso, numa rua que não termina em lugar nenhum, olhando num espelho sem coragem de dizer uma só palavra.

Vi minhas mãos cheias de sangue entrando num ônibus e acenei, mas era tarde e o aceno se perdeu na velocidade do tempo que esmagou meu rosto com um paralelepípedo de noventa quilos. Estou descendo uma rua sem nome, minhas botas estão velhas, meu fardamento está rasgado. Sou um soldado sem condições de prosseguir. Eu me lembro de você, Sônia. Faz um tempo infinito que abraçamos nossa bandeira, nossa liberdade, que pedimos a paz. Soube que minha situação se agravou, os comandantes querem falar comigo e estão prometendo coisas terríveis para minha condecoração. Eu nunca tive cara de herói, eu sempre falei, e quando eu falava, minha mãe, cheia de cabelos brancos escorrendo pelo rosto, sorria seu riso de mãe, sem dizer nenhuma palavra. Eu nunca tive cara de herói e me jogaram aqui, eu estou falando agora, e minha mãe não está presente para sorrir o seu riso de mãe, sem dizer nenhuma palavra. O rinoceronte desapontou-se, realmente. Para justificar-se, disse à lebre, em voz baixinha: Eles pode me esmagar de encontro ao chão? Nesse caso é melhor que eu vá andando. A lebre, mais acabrunhada que nunca, ficou a olhá-lo a ir-se. Depois, saiu apressada à procura do elefante. Você, elefante, é a esperança que me resta. Venha falar com o guerreiro feroz que afugentou o rinoceronte e ameaça dançar sobre o seu cadáver. Estou descendo uma rua sem nome, lendo a fábula africana. A larva está enganando todos os animais da floresta, ela vai destruí-los, eu penso. A guerra é assim, eles estão me enganando, eles disseram coisas impossíveis e eu acreditei. Arrasto meu fuzil amarrado num barbante, as balas estão no bolso. Vejo um julgamento público e trinta e dois réus estão sendo condenados à morte, todos eles têm minha cara. Alucinei em mim este desejo de buscar o infinito. Sinto-me um pássaro pousado na ponta de uma lua que morreu e meus olhos estão vazados. Ninguém se livra facilmente de seu fuzil, ninguém. Ontem, você estava adormecido dentro da própria vida, mas, hoje, os tempos são outros. Hoje, você se aventurou a sair, você pulou de um viaduto e eu vi seu corpo se projetando no ar e você virou um pássaro que pousou na ponta de uma lua que morreu. Ontem, você estava sentado numa sala de aula e a guerra ainda não existia, e você era uma criança, usava um uniforme de escola. Hoje, os jipes estão estraçalhados dentro dos seus olhos e você não consegue ver mais nada, porque

existe uma parede de neblina, de fumaça, de ferro, encostada na sua cara. Ontem, você não amava ninguém, porém seu amor estava sendo germinado, estava crescendo dentro de você e a criança começou a despertar para o mundo e para a vida, para as coisas, para a casa, para o objeto. Ontem, você desconhecia Deus e nunca ouvira falar de uma guerra. Mas hoje os tempos são outros, hoje os tempos invadem a casa de seu coração, da sua estrutura íntima e vai destruindo todas as coisas como um vento fortíssimo que derruba as árvores. Eu não pude fazer nada, mas minha voz continua firme e arranca minha boca do rosto e me contorce o corpo e grita em mim a alucinatória magia do desespero. Todos os meus amigos são desesperados, eu tento dizer, e eu me olho e me vejo nu diante de mim, arrebentando meu coração e de minhas veias saltam os grilos que a noite assassinou e os morcegos que comeram as sementes das planícies. Sinto as cidades destruídas caídas debaixo dos meus pés. Uma vez fui acusado de atropelar um tanque de guerra. Tem sentido uma coisa assim? Eu pergunto. Não tem, claro que não, mas você foi acusado, você sempre será acusado de fazer alguma coisa, de tentar alguma emboscada. Mas eu tenho culpa de me sentir perdido no meio da noite, no meio de uma guerra? Me olhou nos olhos e disse que eu era realmente culpado de tudo. Mas culpado do que? Me olhou na cara e cortou minha cara, e eu fui voltando em mim, ao ventre de minha mãe, e me vi células formando um corpo. Cortaram minha cabeça e até hoje eu sinto as veias do meu pescoço saltarem de minha carne como uma corda que se quebrou. É terrível o caminho, no entanto eu não quero evitá-lo, eu não quero fugir de nada, mas eu não tenho nada com isso. Você precisa entrar dentro de você mesmo, precisa abrir a caixa de sua vida, arrebentar a fechadura e retirar as coisas que você julga perdidas. Estou descendo uma rua. Dentro de mim uma igreja acabou de desabar e eu me lembro de um parque onde as crianças brincavam e inventavam uma manhã que percorria os olhos dos adultos. E hoje eu estou dentro de um poço, tentando alcançar uma corda de salvação, onde eu procuro me aproximar às vezes mas sinto medo e recuo na medida do possível. Abro a janela e a destruída cidade invade meu quarto, os ratos saem pelas ruas e comem pedaços de crianças espalhados na rua. Tenho ânsia de vômito e sinto que meu fuzil está preso na minha boca. Os homens estão passando lá embaixo, tropeçando na própria sombra, eles são uma sombra, eu penso, e eles olham para mim e me perguntam o que eu sou e eu não sei e prefiro permanecer imóvel. E neste instante eu decido descer as escadas e atravesso a cidade e as ruas enlameadas, e vou marchando em direção ao nada, em busca da fronteira, descendo uma rua que não existe mais, eu vou embora definitivamente, estou pensando, mas as minhas coisas não ficam para trás, elas estão comigo mesmo e é inútil tentar contra elas, eu nunca poderei me separar das coisas, do meu fuzil, das minhas 32 chances, da minha oportunidade. Então o círculo aperta como um cinto com uma fivela de ferro, e aperta e meus ossos estão se quebrando, eu ouço o barulho e começo a gritar e os oficiais se aproximam e me proíbem de gritar e de dizer qualquer coisa que me ocorra, eu estou proibido de comentar ou de participar a minha angústia, e vou descendo a rua, numa desesperada fuga, as balas caem e eu volto, o senhor teria achado umas balas que caíram de meu corpo? Eles me olham e não respondem, eu preciso achar as balas, eles me deram 32 e eu preciso prestar contas disso, um dia eles vão me chamar e eu precisarei apresentar um relatório, explicando tudo que fiz, tudo que deixei de fazer. Me enterro na lama, na terra, e saio me arrastando pelo chão, buscando o último sol que já desapareceu, buscando uma fronteira impossível, e eu me lembro de você, eu estou destruído dentro do meu tempo e não é possível viver a alucinação deste instante, é mais um erro. Você lembrará com ternura, eu sei, e mesmo que estejamos mortos, um diante do outro, quem de nós viverá primeiro? Eu não quero uma resposta, eu quero um grito disparado como um tiro, como um ferro contundente atirado no rosto. Minhas mãos estão cheias de sangue, você compreende? E meu aceno se perdeu na velocidade do tempo que esmagou meu rosto com um paralelepípedo de noventa quilos.

Sei que o teatro está vazio, os setecentos e setenta lugares estão vazios, mas eu entro e tomo o meu lugar à mesa, seguro o microfone com as duas mãos e começo a falar, você precisa se salvar da guerra, você precisa ir para muito longe de mim, mesmo que você tenha que passar por cima de minhas mãos, você precisa se salvar, você precisa se salvar. E eu sinto que seus olhos estão fechados nesta hora da madrugada, um imenso salão vazio, e eu estou andando no meio da chuva, no meio do campo, no meio da relva, da grama, das árvores, desta antiga solidão, deste antigo presságio, no meio do grande edifício de mil portas, procurando uma chave. Você precisa ter dentro de você essa coragem que falta aos comandantes, porque os soldados vão morrer ao amanhecer, antes que o sol saia, todos eles estarão mortos e eu quero que você se salve, porque eu também estarei morto antes do amanhecer, você precisa caminhar sempre, precisa alcançar a planície que eu lhe disse, abraçar esse mundo novo que existe em algum lugar. De dentro da minha morte eu olharei você, chamando seu nome, mas você não poderá me ouvir por causa do vento e da chuva e por causa dos tiros e dos suicídios e das dores e das angústias de tudo nessa hora da manhã. Mas você precisa, você tem a missão de pregar mil pregos na minha pele para consertar uma vida e minha vida se destruiu nesta guerra. Os caminhões estão atolados no sangue dos heróis sem nenhum nome, mas amanhã o futuro se lembrará deles e dará seus nomes às escolas. Os trens já não caminham nem cortam a noite porque os inimigos destruíram as linhas, e eu nunca soube quem eram os inimigos. Já não posso falar em termos de presente, ou de passado, ou de futuro, de que é que eu falarei então, se não me resta a palavra? Eu não sei e não há necessidade de se dizer nada, porque o teatro está vazio, e eu seguro o microfone com as duas mãos, como se estivesse chupando a última laranja de uma árvore impossível. Mas isso não é tão importante. Rodopio em torno de mim mesmo e me sinto esmagado e ouço o barulho de gatilhos encostados na minha cabeça. Os gatos, os gatos. Um pássaro com as asas quebradas pousando na ponta de uma lua morta. Os grilos ainda estão aqui, meu amor, e a nossa primeira noite desapareceu de nossos olhos, mas vive nos nossos corpos, na nossa lembrança, na nossa linguagem, vive o calendário, os dias vivos que vivemos. Você precisa se salvar e esquecer. Nasci num dia 9 de fevereiro de um ano qualquer, não aprendi a lição da professora e fui morrendo devagar diante da vida e das coisas. A armadilha não tem saída e é inútil tentar contra as forças dos comandantes, dos superiores, a guerra é deles e eu sou apenas um objeto, uma peça no jogo de xadrez que eu não sei jogar, uma peça quebrada em toda a engrenagem, que será substituída quando eles resolverem o meu destino. Eu nunca aprendi o jogo, esse foi o grande erro da guerra, da minha guerra. Na minha frente o guarda está caído e talvez esteja morto dentro de seu uniforme. O comando superior está reunido e sua decisão será acatada pelo povo e eu sou um fragmento no meio do povo e o povo acatará tudo porque o povo sempre acatou tudo e nós morreremos pelo povo. Não é bonito? Eu pergunto a você que acordou todos os meus sentidos, não é bonito? Eu pergunto, mas não há ninguém aqui, e o vazio é uma aranha que se arrasta em cima de mim e sua teia cobriu tudo e eu sou uma mosca que voa inutilmente de encontro ao nada e a solidão arranca minha garganta e grita por mim num lugar que eu não ouço. Você precisa andar diante dos túmulos, porque os superiores destruirão tudo, todas as casas cairão, as igrejas serão destruídas e os pássaros não voarão o branco espaço da nuvem. Por isso, você precisa se salvar, você precisa buscar socorro, você precisa atravessar a fronteira, precisa buscar a vida com uma faca na mão e precisa viver, precisa respirar, precisa ouvir o grito desesperado do próprio desespero que mora dentro de mim e de minha morte. Qualquer tentativa agora será inútil. Mas eu tenho vontade de rir deles, embora sabendo o que realmente se passa dentro de mim e de você. A noite caminha com seus sapatos dentro de meu coração e os gritos das crianças assassinadas não saem de meus ouvidos. Meus amigos precisam se salvar do redemoinho, precisamos todos dar um tiro na cabeça, antes que amanheça essa incrível ternura que acreditamos. Meus amigos precisam deixar suas fardas para abraçar as crianças que estão jogadas na beira dos caminhos e nós andamos, andamos, Sônia, sem nunca chegar a lugar nenhum, sem nunca saber o que existe do outro lado da porta. Mas eu ouço a sua respiração e meu coração bate devagar as últimas batidas de um relógio antes das cinco horas. A sala vazia se estende nos meus olhos brancos e eu adormeço com os fios amarrados nos meus pulsos. Os deuses estão enterrados, não existe mais nenhum deus. E a faca entrou na nossa carne e meus amigos não conseguiram se mover diante da loucura desta guerra e esperaram até o fim e eu vi que não bastava apenas amá-los. Era preciso mais. As ambulâncias já não andam, os hospitais fecharam as portas e os médicos desapareceram, as enfermeiras estão caídas num canto da sala de operação com uma ampola de ar na veia do braço. O senhor sabe jogar xadrez? Não, eu não sei jogar o seu jogo de xadrez, comandante, eu nunca vou saber jogar o seu jogo e vou morrer por isso. Mas o senhor precisa saber jogar, o senhor precisa. Eu preciso, tu precisas, ele precisa, nós precisamos, vós precisais, eles precisam. E estamos todos aqui, acuados atrás de uma igreja, esperando que Deus venha nos salvar. O senhor sabe? Eu não sei jogar xadrez, já disse mil vezes, eu não sei jogar xadrez e o que é que eu posso fazer? Eu repito, mas o oficial não compreende a minha linguagem, ele só compreende do seu jogo e cospe na minha cara e eu não posso dizer nada. Eu preciso saber odiar no momento exato, eu não ouvi a professora e ela me deu onze tiros. Olho para o auditório invisível e vejo setecentos e setenta lugares diante da minha boca e eu prefiro me calar e recuo mil quilômetros dentro de mim. O senhor não sabe jogar, o senhor precisa aprender o jogo. Ele me olha e eu olho profundamente a paisagem que daqui a pouco não existirá mais, olho os prédios, as crianças mortas, o campo verde, e vou recuando, mil quilômetros num jipe estraçalhado, dentro de uma pomba infinita que voa o espaço branco do meu abraço.

Alcançamos o caos, eu digo aos meus amigos. É preciso refletir um pouco, pensar um pouco antes de empreender este mergulho. Estamos numa estação e vamos fugir daqui, um trem invisível virá de algum lugar, é preciso decidir se é importante fugir ou não, mesmo porque eu acredito que não existam mais lugares, eu digo aos meus amigos, mas eles estão suficientemente cansados para não me ouvir e eu tento destruir o meu fuzil, mas ele não cede e eu machuco meus dedos, vejo meu sangue saindo debaixo da minha unha roída. Sou um rato que rói a unha. O trem se aproxima e eu digo que o trem é uma visão, mas é preciso ir embora e entramos e somos esmagados e nos contorcemos todos um diante do outro. Quantos dias de viagem? Alguém me pergunta, eu respondo: 23 dias, chegaremos no dia 9 de 1997, às 9 horas. Mas isso é uma loucura, eu não consigo achar um relacionamento, um propósito nesse dia, nesse ano e nessa hora. Mas não existe relacionamento nenhum, eu digo e alguns corpos caem nos trilhos e os vagões passam por cima e pequenas crianças correm para recolher pedaços para comer. O relacionamento: tem sentido eu estar falando em relacionamento num momento destes? Ouvimos os gritos da cidade atrás de nós, e as mães tentam salvar seus filhos, mas todos são assassinados na ciranda e a ciranda se fecha e esmaga as pessoas dentro de um vagão que corre em direção ao nada. Um relacionamento. Primeiro, é preciso desaparecer; segundo, o ano não existe ainda; vigésimo, o horário não consta de meu relógio invisível; sétimo, o dia não vai amanhecer nunca; décimo terceiro, o trem é uma mentira e estamos viajando em busca de um rumo. Não há mais nenhuma explicação necessária, eu grito, e me agarro numa janela e vejo cavalos e bois caídos e os pássaros tentando voar cegos num tempo incerto. Num tempo incerto preferimos arrebentar o coração com um tiro à queima-roupa. Fizemos a primavera nascer nos campos e nos recolhemos arrependidos e assustados. Todos estão mortos, eles estão mortos. O relacionamento. O dia em que eu aprender o jogo eu volto e talvez consiga usar a minha arma.

Um trem que não tem rumo, cortando a noite em mil pedaços e eu tenho uma lágrima em mim, uma lágrima pelos vivos e pelos mortos, mas eu não vou chorar agora, tenho receio de me encorajar para tentar uma saída, o suicídio, e eu não quero, eu não quero, o trem precisa ir até o fim, a morte precisa ir até o fim, a guerra, a loucura, o silêncio, a vida necessita ir até o fim, até o outro lado da porta, onde o meu guarda adormeceu com meus 28 anos de idade, onde ouço a sua respiração, onde estou calado esperando que as letras formem as minhas palavras, plantando as raízes de uma angústia que vai cortar a fibra da última vida. É como se tivessem nos colocado numa máquina de moer carne. Estamos cortados e vemos nossas pernas jogadas nas ruas, estamos cortados em pedaços e tentamos inventar uma saída dentro de um trem que carrega a noite nas rodas, carrega um maquinista que vai precipitar a máquina num espaço absurdamente violento, na fúria de Deus, no caos maior, e vamos rodar a terra, vamos rodar a ciranda, os olhos que vão buscar os quadros e as molduras que cercam nossos rostos num tempo indeterminado. Mas nós acreditamos ainda, acreditamos, amamos impossivelmente esse amor que é uma casa erguida no meio dos nossos corpos. A nossa guerra está começando agora, está no fim, e mais nada tem princípio ou fim e isso é que menos importa neste instante. Não temos nenhum segredo a guardar, as nossas arcas foram violadas e quando tomamos consciência da solidão e da falta de perspectivas, gritamos encostados numa branca parede, num hospital onde os doentes morrem, e vemos as águas de um rio que se estende pelo campo, levando corpos de negras criaturas com os olhos muito abertos, os olhos murchos de uma criança, e esta visão se abre como uma janela que vai cair do último andar de um prédio de mil andares, e o trem corta as linhas do nada e do absurdo e nós vamos continuar aqui dentro sempre. Vamos mastigar nossa ternura numa bacia de silêncio. De repente nós nos sentiremos capazes de arrebentar as mãos numa parede de ferro. Por que o senhor atropelou o nosso tanque? Uma vez o senhor falou em 76 balas, nós não entendemos, por quê? Eles me perguntaram, eu me lembro, eu me lembro do primeiro dia, da primeira vez. Por que o senhor? A cara do oficial aparece na minha frente e eu fico olhando, eu também sou gente e tenho necessidade de odiar, eu digo, e sua voz entra no trem por um alto-falante instalado na minha cabeça, e o interrogatório vai continuar, mas eu pulo em cima dele e jogo seu corpo junto aos trilhos, amarrado numa corda, e o trem vai puxando o corpo e o corpo se despedaça e eu digo que foi preciso, foi preciso, não era possível fazer de outra maneira. O senhor. Mas eu não consigo encontrar o relacionamento, não existe ponto de união, não existe nada. Eu fico olhando, o comando superior está reunido, tentando encontrar um relacionamento e uma rua para a saída de um jipe estraçalhado. E nós estamos estraçalhados, Sônia, caídos dentro de nosso mundo sem perspectivas, com mil tabuletas proibindo as fugas e o desespero, e eles estão mortos, dentro de nosso espelho, dentro de nosso casaco de veludo, encostados nos nossos corpos. O senhor está condenado à pena máxima. Eles me olharam nos olhos e perceberam que tinham errado, mas já era muito tarde para reconsiderações, e o relógio atravessava nossa garganta com seus ponteiros de fogo, e nós fugimos, atravessamos o corredor e nos atiramos contra a vida na última tentativa de poder explicar, ou dizer, ou apenas calar em nós o silêncio e o chumbo derretido que corria nos túneis de nossas veias. Mas seria tudo inútil.

Seria tudo inútil, eu olhei para mim e me disse e meus olhos se fecharam e a tarde se fechou e eu me lembrei de você. Eles rasgaram minha vida. Aqui estão os seus documentos, uma mulher magra me diz e me estende um maço de papéis datilografados, aqui estão os seus documentos, ela disse e eu fui saindo da repartição, o oficial estava olhando e eu fui saindo devagar, desci os degraus e atravessei o pátio passando por cima das ambulâncias. O inimigo está sendo derrotado, seremos os donos do mundo, o alto-falante grita nos meus ouvidos e eu penso em você mil vezes, nós nos deitávamos na grama e margaridas cresciam na nossa pele, as margaridas brancas nasciam no nosso corpo e os grilos saltavam das nossas bocas, nossos olhos viravam girassóis. Eles estavam mortos, eles estão mortos, meu amor, e não sabem disso. Apesar de tudo, eu sou um soldado que luta com a ternura, com Deus, com a terra. Eu ainda quero falar no fuzilamento dos meus cachorros, eu disse antes de sair da repartição. Foi tudo um erro, eles me disseram. Mas tudo era um erro, eu disse, e caí da cadeira de balanço. Cenário: um homem, 28 anos, está andando de um lado a outro numa cela. Uma cadeira, um móvel qualquer, um campo, arames farpados, ambulância, um fuzil, 32 balas, uma guerra, uma farda. O homem olha para o grande teatro, mas o teatro está vazio. O homem de 28 anos segura o microfone e começa a falar. Depois ele sai do palco, pega um trem que não existe. Segundo ato: um tribunal, vários jurados, um com um pijama de bolinhas azuis, um juiz, um suicídio, um par de algemas, os policiais. Terceiro ato: uma mentira. As luzes se acendem e uma grande plateia invisível está batendo palmas. Eu me olho num espelho, me vejo, meu coração está arrebentado por uma bala. Estou cansado e meus olhos vão se apagando. Eles nunca vão compreender. Eu tenho uma marca no rosto e me lembro de você, Sônia, tento escapar e as portas esmagam as perspectivas de saídas. A ciranda, meu amor, como eu lhe disse uma vez, é um bolo que vai crescendo e acaba matando todos os convidados de uma festa de aniversário que não existe. Eu sei: amanhã, eles me perguntarão e eu não responderei simplesmente porque não terei uma resposta à altura. Mas eles anotarão tudo, como de costume. Olho profundamente nos seus olhos. Eles me olham, mas eu não tenho nada com isso e me debato nos corredores como uma mosca. As margaridas cresciam na nossa pele. Estou dentro de um espelho e, num instante de absurda lucidez, me lanço contra as grades e arrebento os ferros que se enfiam no meu corpo. Meu coração está arrebentado por uma bala. O réu foi considerado culpado. O senhor está condenado à pena máxima, eles me dizem, e as luzes se apagam.

ÁLVARO ALVES DE FARIA E SUA OBRA

Já em 1971, ano da primeira edição de *O Tribunal*, (Editora Martins-SP), Álvaro Alves de Faria, com apenas 29 anos de idade (nasceu em São Paulo em1942), era considerado "um dos escritores jovens mais conceituados" do Brasil, como informa o jornalista Durval Monteiro nas orelhas do livro.

Iniciou, em 1965, o movimento de recitais públicos nas ruas e praças de São Paulo, quando lançou o livro *O Sermão do Viaduto*, um comício poético em pleno Viaduto do Chá, então o cartão-postal da cidade. Com um microfone e quatro alto-falantes realizou nove recitais no local e essa atividade desagradou aos militares que haviam usurpado o poder em 1964.

Em 1966, os recitais poéticos no Viaduto do Chá foram definitivamente proibidos, ano em que escreveu *O Tribunal*, com apenas 24 anos de idade. Devido a esses recitais, o poeta já fora preso cinco vezes acusado de subversivo pelo DOPS (Departamento de Ordem Pública e Social). Voltou a ser preso em 1969, por desenhar os cartazes do então clandestino PSB (Partido Socialista Brasileiro).

Com o fim dos recitais públicos, Álvaro Alves de Faria concentra-se numa intensa atividade poética — que também era essencialmente política — por meio de recitais de poemas em colégios, ginásios e faculdades, e, ao mesmo tempo, vai ruminando novos livros. *O Tribunal* é sua primeira incursão pela prosa de ficção. Nas orelhas da 1ª edição, Dur-

Retrato do autor Álvaro Alves de Faria

val Monteiro, colega de jornalismo e amigo de infância do escritor, informa como se gestou o livro:

"Está aí *O Tribunal*, depois de sete anos de isolamento. (...) Eu vi o livro nascer, crescer dia a dia, palavra por palavra, silêncio por silêncio. Acompanhei todo o trabalho de estruturação deste livro e senti a preocupação terrível de um poeta, de um escritor diante de sua obra, de seu depoimento. E sei que o Álvaro, como homem, como seu próprio personagem, está presente em todos os momentos deste livro. Com seus cabelos compridos (isso é importante?), sua angústia, sua visão profundamente caótica do mundo. Na verdade, eu sei, *O Tribunal* é a opção de Álvaro em relação à própria literatura. É uma palavra de coerência do começo ao fim do livro."

E o amigo de infância continua: "Ele se propõe (e isso não é novo nele) a ser um escritor marginalizado. Consegue. Ele, tenho certeza, continuará falando das coisas que vivem dentro de si, marginalizado ante o caos do século, numa difícil e jovem linguagem que não ficará perdida na confusão dos nossos dias: ele não está falando sozinho. Estas coisas todas, não é absurdo dizer, serão analisadas mais tarde, à luz da História."

Ao escrever sobre *O Tribunal*, na época, Lygia Fagundes Telles observou: "Em que laboratório físico-químico se processará a operação de separar o corpo do espírito? Esse estilo raro encontrei em *O Tribunal*. Novela? Romance? Um texto diferente, estranhíssimo, num tom confessional mas sem cair nunca no monótono, no banal. Perplexidade. Busca e fuga num enrodilhado de perguntas sem respostas, as palavras tão palpitantes e sob a pele das palavras, as ideias pulsando como um coração no fundo de cada uma. Prosa poética no seu mais alto sentido, sem concessão alguma. Sem desfalecimento".

Lygia Fagundes Telles escreveu, ainda: "Nunca me senti certo de qualquer verdade senão percebendo claramente a sua beleza — escreveu Keats, o poeta que mais insistiu em colocar na raiz da beleza a própria verdade. Álvaro Alves de Faria

PASSE HORAS AGRADÁVEIS
REX
NELSON LUIZ

no seu tom às vezes possesso, delirante, busca essa verdade e consegue tocá-la, o que faz de *O Tribunal* um documento inquietante, porque a verdade é sempre inquietante. Se o reino da poesia é o da síntese, o da prosa é o reino da análise e nessa análise Álvaro Alves de Faria desce fundo sua âncora que atinge todo o turvo emaranhado das paixões".

Álvaro Alves de Faria é um daqueles autores cada vez mais raros, que têm um compromisso com a Literatura. Tem uma verdade a dizer. Uma verdade quase toda vivenciada. A tortura e morte são duas personagens que rondaram a sua existência, deixando amargas lembranças, que o artista, com a sua alma gentil, procura afastar do caminho. E, para dizer essa verdade, lança mão de todos os recursos e todos os gêneros literários, com o mesmo zelo e profundidade.

O Tribunal não é propriamente o que se poderia chamar de "um livro brasileiro". Poderia ter sido escrito em São Paulo (como o foi), Paris, Tóquio, Nova York ou em qualquer cidade do mundo. Uma coisa universal. É isso que está interessando, conforme disse o próprio poeta em entrevista nos anos 70.

Em 1976, publicou outra novela, *O Defunto – Uma História Brasileira* (Editora Símbolo, SP), mais um texto contundente e visceral, que mostra um tempo de violência e desencanto, de mortes, angústia e desespero, em que o homem é massacrado em cada gesto, sem nenhuma perspectiva diante do clima que então se apresentava no Brasil e no mundo.

Também em 1976 surge a 2ª edição de *O Tribunal* (Editora Símbolo, SP), trazendo o consagrador prefácio de Geraldo Galvão Ferraz (1941-2013) onde este afirma:

"*O Tribunal* mostra um personagem que avança pelos meandros de uma selva escura, através de barbáries e miséria, lutando pela consolação desse sentimento positivo — o amor. Mas esse internar-se pelo labirinto é elaborado por um espírito penetrante e talentoso, resultando daí esse livro, representativo da melhor literatura que se faz no Brasil. E, mais do que nada, um livro que provoca, perturba e faz pensar. O que pode haver de mais importante numa obra de arte?"

Em 1986, com a mesma força de expressão e contundência estilística, retorna ao romance, com *Autópsia* (Editora Traço, SP), avalizado com a participação de José Louzeiro, autor do texto de orelhas, onde afirma:

"Mas, afinal, o tema central desta obra do poeta Álvaro Alves de Faria é o homem e suas contradições, angústias e perplexidades, diante de um mundo sem alternativas, de ideias doentes e ferimentos abertos. Esse tempo talvez seja passado, mas é inegável que ainda estão entre nós seus vestígios e essas marcas de muitas feridas abertas na violência, no esmagamento dos direitos fundamentais da vida humana.

O romance nos passa diante dos olhos como um filme sinistro, feito de fatos que, muitas vezes, ultrapassam a própria realidade, para desabar pesadamente onde a vida se torna totalmente impotente diante dos massacres, a impotência ainda lúcida de não se saber o que é a loucura ou a angústia de enlouquecer.

Autópsia é um livro dramático retratando um tempo brasileiro de desespero, com uma linguagem sempre caminhando lado a lado com a poesia. Depois de dez anos, *Autópsia* salta da gaveta como um dilacerante grito de dor."

Com efeito, num período da História brasileira em que tanto se precisava ouvir as vozes dos encarcerados e emparedados pela truculência militar, *Autópsia*, inexplicavelmente (seria mesmo inexplicável?), permaneceu engavetado por dez anos até que veio a lume, em 1986. O escritor e jornalista Renato Pompeu (1941-2014), que assinou o prefácio, se pergunta: "Por que o romance de Faria — autor bem conhecido, de vários outros livros — teve dificuldade para ser editado? Seria por ser crítico em face das autoridades? Seria por ser crítico em face dos militantes?"

Autópsia é uma poderosa narrativa-documento de um tempo de sombras e de morte, em que insidiosos e cruéis insetos se alimentam de carne humana. Os insetos odeiam a luz. A tarde está cheia de insetos e aracnídeos. Mas esse romance de Álvaro Alves de Faria também joga luz sobre o ambiente abafado das redações dos grandes jornais brasileiros, numa época de censura. A morte, com seus múltiplos tentáculos, aniquila corpos e mentes.

A resposta à pergunta de Renato Pompeu salta com força e clareza: *Autópsia* — "esse romance a um tempo belo e militante" — foi longe demais ao revelar as entranhas de um sistema apodrecido e degenerado e, ao mesmo tempo, manter-se crítico em relação aos que, na sociedade civil manietada, quedaram-se omissos ou rastejantes diante do poder.

O poeta Álvaro Alves de Faria é autor de vários romances. Além deste *O Tribunal*, os outros dois aqui mencionados — *O Defundo – Uma História Brasileira* e *Autópsia* — serão publicados pela Letr*a*S*e*lvagem.

Da Geração 60 de Poetas de São Paulo, Álvaro Alves de Faria publicou mais de 50 livros, incluindo poesia, novelas, romances, ensaios literários, livros de entrevistas com escritores e é também autor de peças de teatro, entre elas *Salve-se quem puder que o jardim está pegando fogo*, que recebeu o Prêmio Anchieta para Teatro, um dos mais importantes dos anos 70 do Brasil. A peça foi proibida de encenação 15 dias antes da estreia e ficou censurada por seis anos. Como poeta, recebeu os mais significativos prêmios literários do país. É traduzido para o inglês, francês, japonês, espanhol, italiano, servo-croata e húngaro.

Descendente de portugueses (sua mãe é de Famalicão, Portugal, e seu pai de Lobito, Angola), com sua "alma estrangeira", há 15 anos se dedica à poesia de Portugal, país onde tem 13 livros publicados — 12 de poesia e uma novela —, trabalho que se estendeu também à Espanha, onde já publicou seis livros, destacando-se uma antologia com mais de 350

Álvaro Alves de Faria em leitura de "O Sermão do Viaduto", no Viaduto do Chá (São Paulo), 1965

páginas, com tradução do poeta peruano-espanhol Alfredo Perez Alencart. Costuma dizer que fugiu para Portugal por não suportar mais, sem generalizar, os rumos medíocres da poesia brasileira amparados por um jornalismo cultural de caráter duvidoso.

Como jornalista, dedicou-se sempre à área cultural, em especial à crítica literária em jornais, revistas, rádio e televisão. Por esse trabalho em favor do Livro, recebeu por duas vezes o Prêmio Jabuti da CBL (Câmara Brasileira do Livro), em 1976 e 1983, e por três vezes o Prêmio Especial da APCA (Associação Paulista de Críticos de Arte), em 1981, 1988 e 1989.

Taubaté, 1º de maio de 2015.

O EDITOR

Este livro foi composto em Janson Text, corpo 12 por 14, e impresso sobre papel Pólen Bold 90g/m², pela Gráfica EME, Av. Brig. Faria Lima, 1080, V. Fátima, Capivari, Estado de São Paulo, Brasil, para a Associação Cultural Letr*a*S*e*lvagem, em maio de 2015.